Historias y poemas de una lucha de clases / Stories and Poems of a Class Struggle

ROQUE DALTON

poemas clandestinos

Publicaciones "POR LA CAUSA PROLETARIA" - publicaciones "POR LA CAUSA PROLETARIA"

Historias y poemas de una lucha de clases / Stories and Poems of a Class Struggle

Roque Dalton

Translation by Jack Hirschman & Barbara Paschke

Edición bilingüe / bilingual edition

Foreword by
Christopher Soto & Tatiana Marroquín

Introductions by
Jaime Barba & Margaret Randall

ocean
sur

SEVEN STORIES

New York • Oakland • London

Registro de Catalogación en Publicación de la Biblioteca del Congreso.

Names: Dalton, Roque, 1935-1975, author. | Hirschmann, Jack, translator. |
    Soto, Christopher, 1991- writer of foreword. | Marroquín, Tatiana,
    writer of foreword. | Randall, Margaret, 1936- writer of introduction. |
    Barba, Jaime, 1910- writer of introduction. | Dalton, Roque, 1935-1975.
    Poemas clandestinos. | Dalton, Roque, 1935-1975. Poemas clandestinos.
    English.
Title: Poemas clandestinos = Stories and poems of a class struggle / Roque
    Dalton ; translation by Jack Hirschmann ; foreword by Christopher Soto &
    Tatiana Marroquín ; introductions by Margaret Randall and Jaime Barba.
Other titles: Stories and poems of a class struggle
Description: [New York] : Seven Stories Press, [2023] | Parallel text in
    English and Spanish.
Identifiers: LCCN 2022053645 | ISBN 9781644211762 (trade paperback) | ISBN
    9781644211779 (epub)
Subjects: LCSH: Dalton, Roque, 1935-1975--Translations into English. |
    LCGFT: Political poetry.
Classification: LCC PQ7539.2.D3 P6413 2023 | DDC 861/.64--dc23/eng/20221206
LC record available at https://lccn.loc.gov/2022053645

Imagen anterior: la portada de la primera edición mecanografiada de esta colección, publicada póstumamente por "Por La Causa Proletaria", el brazo editorial de la facción guerrillera Resistencia Nacional. Completada por su autor, Roque Dalton, en 1975 como *Historias y poemas de una lucha de clases*, la edición de Por La Causa circuló en El Salvador en 1977 con el título *Poemas clandestinos*.

Primera edición bilingüe *Poemas clandestinos / Clandestine Poems* de Solidarity Educational Publications, Inc., 1984, segunda impresión 1986; Curbstone Press, 1995; publicado en español como *Historias y poemas de una lucha de clases* de Ocean Sur, 2010.

Impresa en los EE. UU.

9 8 7 6 5 4 3 2 1

Published by Seven Stories Press on behalf of Ocean Press, Melbourne, Australia. Direct all inquiries and permissions questions to rights@sevenstories.com.

English translation used by permission of Jack Hirschman and Barbara Paschke, with editorial input from Jaime Barba. "Thinking About Roque" reprinted by permission of Margaret Randall.

Library of Congress Cataloging-in-Publication Data

Names: Dalton, Roque, 1935-1975, author. | Hirschmann, Jack, translator. | Soto, Christopher, 1991- writer of foreword. | Marroquín, Tatiana, writer of foreword. | Randall, Margaret, 1936- writer of introduction. | Barba, Jaime, 1910- writer of introduction. | Dalton, Roque, 1935-1975. Poemas clandestinos. | Dalton, Roque, 1935-1975. Poemas clandestinos. English.
Title: Poemas clandestinos = Stories and poems of a class struggle / Roque Dalton ; translation by Jack Hirschmann ; foreword by Christopher Soto & Tatiana Marroquín ; introductions by Margaret Randall and Jaime Barba.
Other titles: Stories and poems of a class struggle
Description: [New York] : Seven Stories Press, [2023] | Parallel text in English and Spanish.
Identifiers: LCCN 2022053645 | ISBN 9781644211762 (trade paperback) | ISBN 9781644211779 (epub)
Subjects: LCSH: Dalton, Roque, 1935-1975--Translations into English. | LCGFT: Political poetry.
Classification: LCC PQ7539.2.D3 P6413 2023 | DDC 861/.64--dc23/eng/20221206
LC record available at https://lccn.loc.gov/2022053645

Frontis image: cover of the first typed edition of this collection, posthumously published by "Por La Causa Proletaria," the publishing arm of the guerrilla faction Resistencia Nacional. Completed by its author, Roque Dalton, in 1975 as *Historias y poemas de una lucha de clases*, Por La Causa's edition was circulated in El Salvador in 1977 under the title *Poemas clandestinos*.

First bilingual edition published as *Poemas clandestinos / Clandestine Poems* by Solidarity Educational Publications, Inc., 1984, second printing 1986; Curbstone Press, 1995; published in Spanish as *Historias y poemas de una lucha de clases* by Ocean Sur, 2010.

Printed in the USA.

9 8 7 6 5 4 3 2 1

Índice

Contents

En memoria de nuestros compañeros caídos en combate,
solo temporalmente anónimos . . .

In memory of our comrades fallen in combat,
only temporarily anonymous . . .

"Temen tu garra los malvados.
Y se alegran los buenos con tu gracia".
Quisiera oír lo mismo de mis versos.

—BERTOLT BRECHT

"The wicked fear your claw.
And the good rejoice with your grace."
I would like to hear the same from my verses.

—BERTOLT BRECHT

Roque Dalton: 50 años después

Roque Dalton es indiscutiblemente el poeta de mayor influencia en la historia salvadoreña y una de las voces más importantes de la literatura latinoamericana. Casi medio siglo ha transcurrido desde la muerte de Roque Dalton en 1975.

En 1973, Roque Dalton dejó Cuba, donde se había exiliado. A su regreso a El Salvador de manera clandestina, se unió a la lucha armada de la clase trabajadora.

Por esos mismos años apareció una publicación que llevaba por título "Por La Causa Proletaria", fundada por revolucionarios en El Salvador.

En 1977, dicha publicación imprimió de forma póstuma *Historias y poemas de una lucha de clases* [bajo el título *Poemas clandestinos*], en colaboración con el grupo guerrillero Resistencia Nacional.

En *Historias y poemas de una lucha de clases* abundan poemas en los que encarnan las voces de cinco personajes imaginados, y pueden ser leídos como propaganda política. Un aspecto admirable de este libro es la forma en que es capaz de establecer vínculos poéticos entre la gente común y la inminente guerra civil salvadoreña.

En su poema "Arte poética 1974," Dalton escribió: "Poesía / Perdóname por haberte ayudado a comprender / que no estás hecha sólo de palabras".

Dalton era dueño de un humor, una osadía y de una verdad implacable. No pocas veces maldecía a quienes ocupaban puestos en el poder, incluidos burócratas, pacifistas y hasta a la iglesia.

En él habitaba una justa indignación; formaba parte de movimientos literarios y políticos, tal como dan cuenta tantas obras suyas,

Roque Dalton: 50 Years Later

Roque Dalton is inarguably the most influential poet in Salvadoran history, and one of the most influential voices in literature from Latin America. It has been almost half a century since Roque Dalton's death in 1975.

In 1973, Roque Dalton left Cuba, where he lived in exile. He returned clandestinely to El Salvador where he was part of an armed struggle for the working class.

Around that time, a publication called "Por La Causa Proletaria" had just been founded by revolutionaries in El Salvador.

In 1977, this publication posthumously printed *Stories and Poems of a Class Struggle* [under the title *Poemas clandestinos*] in collaboration with the guerrilla faction Resistencia Nacional.

Stories and Poems of a Class Struggle is filled with embodiment poems that reflect the voices of five different imagined characters and it can be read as political propaganda. One fascinating thing about this book is how it builds a poetic connection between everyday people and the looming Salvadoran Civil War.

In his poem "Poetic Art 1974," Dalton writes, "Poetry / Forgive me for having helped you understand / you're not made of words alone."

Dalton was a poet of humor and crass and unrepentant truth. He would often publicly curse by name those in positions of power—bureaucrats, pacificists, and even the church.

He was filled with righteous anger and was embedded in both literary and political movements, as noted in so many of his works, including "Rhymes on National History," where he notes, writing por ejemplo, "Las rimas en la historia nacional", donde escribe a propósito del oficio de poeta en El Salvador, "Rimas salvadoreñas después de 1972: // El que fue a Sevilla perdió su silla / guerrilla, guerrilla, guerrilla / guerrilla, guerrilla, guerrilla, guerrilla".

Desde aquellos días de militancia política en la vida de Roque Dalton, ha aparecido una nueva generación de escritores y activistas nacidos en El Salvador y en la diáspora. A nosotros no nos tocó ver ni escuchar la guerra, pero no hay un solo día que pase sin que familiares y amigos la mencionen: aquí estaba el puente que reventaron para interrumpir el comercio y presionar al gobierno a las negociaciones; más allá, hay una exhibición de arte en la que se muestran videos de cumbia junto con videos de guerra, en el barrio donde ahora vivimos.

Con frecuencia existe en El Salvador el deseo de hablar de algo más aparte de la guerra, sin embargo, nuestra historia está atada, irreversiblemente, con el presente.

Desde la lucha guerrillera en la guerra civil salvadoreña, hasta la esperanza que trajeron consigo los acuerdos de paz, y la corrupción en los posteriores gobiernos de derecha e izquierda, la vida y obra de Roque han acompañado a muchas generaciones.

Sus poemas han sido presencia constante en luchas anticapitalistas y antifascistas a lo largo de los años, no solo en El Salvador sino a nivel internacional.

En 2023, muchos de aquellos miedos autoritarios que los salvadoreños habían dejado atrás parecen haber renacido. En varios rincones del mundo, ideas autoritarias como solución a los problemas de la clase trabajadora, están de vuelta.

Hablar del ethos revolucionario de Dalton en proximidad con cualquier líder autoritario parece peligroso. Esto se debe a que Dalton es un poeta que no vivió la revolución como teoría sino en la violencia de la praxis, como en el poema "Viejos comunistas y of the poetic craft in El Salvador, "Salvadoran rhymes after 1972: // He lost his seat on the way to Sevilla / guerrilla, guerrilla, guerrilla / guerrilla, guerrilla, guerrilla, guerrilla."

Since the period of militant activism that filled Roque Dalton's years, there has been a whole generation of new writers and activists born in El Salvador and in the diaspora. We have never heard or seen the war, but our days are filled with mention of it by family members and friends—here was the bridge that was blown up in order to disrupt the flow of commerce and bend the government into negotiations; here is an art exhibit depicting cumbia music videos mixed with war videos in the neighborhood where we live now.

There is often a desire in El Salvador to talk about more than the war, but our history is so impossibly tied to the present.

From the guerrilla struggle in the Salvadoran Civil War, to the hope brought to the country by the signing of the peace accords, to the corruption from both right and left-wing governments that followed—Roque's life and work has accompanied many people over generations.

His poems have remained a constant in anti-capitalist and anti-fascist struggles over the years, not only in El Salvador but internationally.

In 2023, many of the authoritarian fears that Salvadorans had left behind seem to have been reborn. In various parts of the world, authoritarian ideas, as a way out of working-class problems, are making a comeback.

To speak of Dalton's revolutionary ethos in proximity to any authoritarian leader feels dangerous. This is because Dalton is a poet who did not live the revolution in theory but in violent praxis, as noted in the poem "Old Communists and Guerillas," where he guerrilleros", donde escribió: "Pero la revolución en todas partes necesita personas / que no sólo estén dispuestas a morir / sino también dispuestas a matar por ella".

Hoy, no solo los autoritarismos han renacido, de igual manera las voces revolucionarias contenidas en este libro renacen una vez más. En años recientes, el poema de Dalton, "Consejo que ya no es necesario en ninguna parte del mundo pero que en El Salvador . . ." ha sido recitado por activistas en Latinoamérica como una advertencia, una señal, una denuncia. El poema dice: "No olvides nunca / que los menos fascistas / de entre los fascistas / también son / fascistas". Muchos de los problemas sobre los que Dalton escribió continúan siendo debatidos.

Hoy en día, los grupos feministas en El Salvador se pronuncian sobre la falta de remuneración en las tareas domésticas a las que han sido relegadas las mujeres.

Esta conversación fue señalada décadas atrás en un poema de Dalton, "Sobre la plusvalía o el patrón le roba a dos en cada obrero", donde escribió, "Los oficios domésticos de la mujer / le crean al hombre el tiempo / para el trabajo socialmente necesario".

La falta de remuneración para las tareas domésticas es una realidad para las mujeres salvadoreñas.

En El Salvador, el salario mínimo es de aproximadamente $350 mensuales, dependiendo del tipo de trabajo y de si se tiene la fortuna de contar con un patrón dispuesto a respetar ese salario.

Las personas que deciden irse del país y emigrar a los Estados Unidos se endeudan con los coyotes que las acompañan en el viaje.

Las dinámicas sociales y económicas de los personajes que Roque representó en sus *Historias y poemas* siguen siendo la realidad para la mayoría de salvadoreñas.

Pero el perfil de la lucha ha cambiado.

writes, "But everywhere the revolution needs people / not only willing to die / but also willing to kill for it."

In the present day, not only has authoritarianism been revived, but the revolutionary voices in this book are being revived as well.

In recent years, Dalton's poem "Advice That Is No Longer Necessary Anywhere in the World but Here in El Salvador . . ." has been recited among activists in Latin America as a warning, as a signal, and as a condemnation. This poem reads, "Don't ever forget / that the least fascist / among fascists / also are / fascists."

So many of the issues that Dalton wrote about are still being struggled with.

In present-day El Salvador, feminists speak about the lack of pay that surrounds the domesticated chores relegated to them.

This conversation was noted decades earlier in the Dalton poem "On the Profit Margin or the Boss Robs Every Worker Twice Over," where he writes, "The woman's domestic functions / create time for the man / for socially necessary work."

Lack of pay for domestic work is a reality for women in El Salvador.

The minimum wage for working people is approximately $350 a month in El Salvador, depending on your work sector and if you are lucky enough to find employers that honor this wage.

People who want to leave the country and migrate to the United States incur debt to coyotes who travel with them.

The social and economic dynamics of the characters that Roque depicted in *Stories and Poems* are still the reality for a majority of Salvadorans today.

Though the shape of the struggle has shifted.

Roque Dalton entendió la lucha por la liberación como algo intergeneracional y con frecuencia tomó a revolucionarios indígenas, como Anastasio Aquino, como fuente de inspiración para sus acciones.

En su poema "Ultraizquierdistas", escribe, "Los pipiles ... no quisieron agachar la cabeza frente a la Corona de España / y se alzaron en la sierra / con las armas en la mano / contra el conquistador". Buscaba aquellas voces marginalizadas en El Salvador para estimular sus luchas de liberación.

Su lucha sin tregua era para construir un futuro mejor.

Su poema "En el futuro" leemos, "Cuando nuestra sociedad sea / básicamente justa / o sea / socialista / en las conversaciones de las cervecerías / a la hora de las confesiones íntimas; / más de alguno dirá con la mirada baja / 'yo tuve propiedad privada sobre los medios de producción'".

El anhelo por poner fin a la propiedad privada y encaminarse hacia un estado socialista puede advertirse también en otro poema lleno de esperanza por el futuro, "Podría ser", en el que leemos, "Para los burgueses / la patria las leyes el honor y Dios / no tienen sentido sin / la propiedad privada y 'la libre empresa'. // Para los proletarios / la muerte de la propiedad privada / y de la 'libre empresa' / daría sentido a la Patria las leyes el honor / y tal vez hasta a Dios".

En *Historias y poemas de una lucha de clases*, hay que tener presente siempre la ternura del poeta.

Vale la pena considerar por ejemplo, "Tercer poema de amor" en su totalidad: "A quienes digan que nuestro amor es extraordinario / porque ha nacido de circunstancias extraordinarias / diles que precisamente luchamos / para que un amor como el nuestro / (amor entre compañeros de combate) / llegue a ser en El Salvador / el amor más común y corriente, / casi el único".

Roque Dalton understood struggles for liberation to be intergenerational and he often looked at Indigenous revolutionaries like Anastasio Aquino for inspiration in his actions.

In the poem "Ultraleftists," he writes, "The Pipiles / . . . didn't want to bow down before the Crown of Spain / and rose up in the mountains / with weapons in their hands / against the conquistador." He was looking at marginalized voices in El Salvador and uplifting their struggles for liberation.

He was fighting endlessly to build a better future.

His poem "In the Future" reads, "When our society is / basically just / that is / socialist / in the conversations in saloons / at the moment of intimate confession / more than a few will say with down-cast eyes, / 'I held private property based on the means of production.'"

A desire to end private property and move toward a socialist state can also be noted in another poem of hopeful futurism called "It Could Be," which reads, "For the bourgeoisie / country, laws, honor and God / have no meaning without / private property and 'free enterprise.' // For the proletarians / the death of private property / and 'free enterprise' / would give meaning to country, laws, honor / and perhaps even to God."

In *Stories and Poems of a Class Struggle*, it is worth noting the tenderness of this poet.

It is worth saying "Third Poem of Love" in its entirety, "Whoever tells you our love is extraordinary / because it was born of extraordinary circumstances / tell them we're struggling precisely / so that a love like ours / (a love among comrades in combat) / becomes / the most ordinary and common / almost the only / love in El Salvador."

This tenderness is also echoed in one of his most widely circulated poems, "Like You," where the poet writes: "Like you I / love

Su ternura se vuelve a repetir en uno de sus más célebres poemas, "Como tú", en el que el poeta escribió, "Yo, como tú, / amo el amor, la vida, el dulce encanto / de las cosas, el paisaje / celeste de los días de enero".

Para Dalton, el amor representaba algo extraordinario que se entretejía con su visión llena de esperanza por el mundo.

La esperanza es vital para que poetas y revolucionarios sigan adelante.

En "El Salvador será", Dalton se entrelaza con los sueños de un futuro mejor y escribe, "El problema es que hoy El Salvador / tiene como mil puyas y cien mil desniveles / quinimil callos y algunas postemillas / cánceres cáscaras caspas shuquedades / llagas fracturas tembladeras tufos", antes de proclamar que el país un día estará mejor.

Hoy, depende de la presente generación proteger algunos de los avances por los que él y muchos otros dieron su vida.

Es solo gracias a poetas y activistas como Roque Dalton que futuros mejores son posibles.

—TATIANA MARROQUÍN
economista y feminista
San Salvador, El Salvador
enero 2023

—CHRISTOPHER SOTO
poeta y activista por la abolición de las prisiones
Los Ángeles, California
enero 2023

love, life, the sweet smell / of things, the sky-blue / landscape of January days."

For Dalton, love was extraordinary and also intertwined with his hopeful worldview.

Hope is necessary for poets and revolutionaries to continue.

In "El Salvador Will Be," Dalton is tied to dreams for a better future and he writes, "The problem is that today El Salvador / has a thousand rough edges and a hundred thousand pitfalls / about five hundred thousand calluses and some blisters / cancers rashes dandruff filthiness / ulcers fractures fevers bad odors," before stating that the country one day can do better.

Now, it is up to this next generation to protect some of the advances that he and so many people died for.

It is only because of poets and activists like Roque Dalton that better futures become possible.

—TATIANA MARROQUÍN
Economist and Feminist
San Salvador, El Salvador
January 2023

—CHRISTOPHER SOTO
Poet and Prison Abolitionist
Los Angeles, California
January 2023

La palabra fresca es riesgo

Es difícil afirmar que *Historias y poemas de una lucha de clases* es un libro que cerró Roque Dalton hacia abril de 1975, puesto que cerca del 10 de mayo de ese año fue asesinado. Más bien habría que decir que se trata de un poemario trunco, como su vida.

Roque contaba con una reconocida trayectoria literaria al ingresar clandestino por el aeropuerto de Ilopango de San Salvador, el 24 de diciembre de 1973, camuflado bajo el nombre de Julio Delfos Marín, y es así como pudo integrarse en calidad de combatiente al Ejército Revolucionario del Pueblo, una de las organizaciones guerrilleras que a principios de la década de 1970 inició sus operaciones.

Recién a finales de 1972 acababa de publicarse en Costa Rica el relato testimonial *Miguel Mármol. Los sucesos de 1932 en El Salvador.* Libro que marcó un hito en la reconstrucción de la historia política salvadoreña.

En la revista *Pensamiento Crítico* (No. 48, enero de 1971), de La Habana, apareció un avance del libro, los capítulos IV, VI y VII, que luego fue publicado en *La Universidad* (marzo-abril, 1972), de San Salvador. Además, antes de su retorno al país natal había entregado para su publicación en Siglo XXI Editores lo que quizás es su mejor logro literario: *Las historias prohibidas del Pulgarcito* (1974).

En 1973, pues, Roque no es un autor desconocido ni inédito. Pero su avatar está atado al de su país de una manera que ahora resulta casi cabalística. El libro *Miguel Mármol* se publicó en Costa Rica (en noviembre de 1972) y no en El Salvador, porque el 19 de julio de 1972 las tropas del ejército salvadoreño intervinieron la universidad estatal y la cerraron. Aprehendieron al rector, al secretario general, al fiscal general, a varios decanos y a otros profesores universitarios y los mandaron al exilio. De hecho, fueron los últimos exiliados que

The New Word Is Risk

It is difficult to say whether Roque Dalton finished *Stories and Poems of a Class Struggle* in April 1975, since he was assassinated around May 10 of that year. It would be better to say that this collection of poems is truncated, like its author's life.

Roque was already a well-known writer when he entered El Salvador clandestinely via the Ilopango International Airport of San Salvador, on December 24, 1973, under the name Julio Delfos Marín, to become a combatant in the People's Revolutionary Army, one of the guerrilla organizations that began operations in the early 1970s.

The testimonial narrative *Miguel Mármol: The events of 1932 in El Salvador* [*Miguel Mármol. Los sucesos de 1932 en El Salvador*] had finally been published in Costa Rica at the end of 1972. This book was a milestone in the reconstruction of Salvadoran political history.

In January 1971, a preview of the book—chapters IV, VI, and VII—appeared in the journal *Pensamiento Crítico* in Havana and then in the magazine *La Universidad* in San Salvador (March–April 1972). Moreover, before his return to his native country, Dalton had submitted what is perhaps his most important literary achievement, *The Forbidden Stories of Tom Thumb* [*Las historias prohibidas del Pulgarcito*] (1974), to the publisher Siglo XXI Editores.

So, in 1973, Roque is neither an unknown person nor an unpublished author. But his avatar is tied to that of his country in a way that is now almost cabalistic. In November 1972, *Miguel Mármol* was published in Costa Rica and not in El Salvador, because on July 19, 1972, Salvadoran Army troops entered the National University and closed it down. The dean, secretary general, and attorney general, as well as various chairpersons and professors of the university were apprehended by the authorities and sent into exile. In tuvo el país, porque de ahí en adelante la disensión fue castigada con la metralla, la persecución y el asesinato.

El Salvador había entrado desde 1970 a un nuevo ciclo político, cuestión que en marzo de 1972 quedó ratificada al producirse un escandaloso fraude electoral en contra de la instancia progresista aglutinada en torno a la Unión Nacional Opositora, y tal percepción amplió su espectro unos días después, el 25 de marzo, al ser sofocado un golpe de Estado de inspiración constitucionalista que pretendía restablecer la legalidad que el fraude vulneró.

La suerte estaba echada al cerrarse los espacios de deliberación pública: El Salvador iba hacia la guerra. Esas son las señales que Dalton descifró desde La Habana y que terminaron por decidir su regreso apresurado, aunque no improvisado.

Quien debe ser reconocido como el escritor e intelectual salvadoreño más audaz e innovador del siglo XX lo dejó todo y se lanzó a las llamas. ¿Inmolación? No. ¿Suicidio? En absoluto. ¿Temeridad? Con seguridad, pero a quienes esto espetan habría que responderles como lo hizo Rubén Darío cuando le endilgaron ser no más que un mero romántico: "¿Quién que es, no es romántico?", les devolvió el bardo.

Historias y poemas de una lucha de clases es un libro de urgencia, pero entendido esto como un acto volitivo del poeta que no puede dejar de registrar —a riesgo de asfixiarse— el tumulto de hechos decisivos del que forma parte. Este también es un libro de confirmaciones. Roque da continuidad, así, en medio del discurrir clandestino en el que forja sus días, a una línea de creación poética que quizá viene desde *Textos y poemas muy personales* (escritos entre 1963 y 1965) y que terminó por consolidar en el poema-collage que dejó inédito antes de su salida final, *Un libro rojo para Lenin* (firmado en 1973). La crítica ha sido despiadada con *Historias y poemas* al calificarlo de decadente y panfletario. Olvida, cuándo no, el contexto en el que se articula y la veta de donde proviene.

fact, they were the last Salvadorans to be exiled; from then on, the punishment for dissent was machine-gunning, persecution, and murder.

In the 1970s, El Salvador entered a new political cycle, which in March 1972 was aggravated by a scandalous electoral fraud against the National Opposition Union, a coalition of progressive groups. The situation devolved a few days later, on March 25, when a coup d'état which sought to restore the democracy violated by fraud was suppressed.

The die was cast when the spaces for open debate were shut down. El Salvador was heading for war. Dalton deciphered those signs in Havana and set out on a hasty but premeditated return.

The man who must be recognized as the most daring and innovative Salvadoran writer and intellectual of the twentieth century gave it his all and threw himself into the flames. Immolation? No. Suicide? Not at all. Was he afraid? Surely, but to those who say this I quote Rubén Darío's response to accusations of being a mere romantic: "We are romantic. Who that lives is not?"

Stories and Poems of a Class Struggle is an urgent book that can be understood as the willful action of a poet who cannot stop recording, even at the risk of suffocating, the tumult of decisive events of which he is a part. This is also a book of confirmations. Roque thus lends continuity, in the midst of the clandestine flow in which he forges his days, to a line of poetic creation that perhaps starts with *Very Personal Texts and Poems* [*Textos y poemas muy personales*] (written between 1963 and 1965) and culminates in the poem-collage that he left unpublished before his final goodbye, *A Red Book for Lenin* [*Un libro rojo para Lenin*] (completed in 1973). Some critics have described *Stories and Poems* as decadent and pamphleteering. They forget the context in which it was articulated, and the vein from which it flows.

It goes without saying that this collection of poems does not reveal a concrete reality (poetry, as Roque Dalton knows perfectly

Este poemario, es inevitable decirlo, desvela, no una realidad concreta (la poesía, lo sabe a la perfección Roque Dalton, tiene otra misión), no un trazo político preciso, sino una actitud vital. Sí, aquí el autor se divierte despotricando, descalificando, mofándose. Está celebrando su regreso a El Salvador en medio de las balas. Se está afirmando. No es trágico ni patético, prefiere su corrosivo buen humor para labrar la palabra que ya olvidó el plañidero sonsonete del vate lastimero. Aquí Dalton ratifica que la palabra fresca es riesgo.

Al revisitar este libro, escrito casi medio siglo atrás, da la sensación de que Roque, en su decidido afán político, no solo comunica sus razones, también es consciente de que cada día puede ser el último día. Por eso estas páginas tienen una extraña potencia: evocan situaciones, anuncian colisiones, proponen deslindes.

Pero *Historias y poemas* es un artefacto literario que debe ser comprendido también por la hora centroamericana que lo retobó.

En el terreno político en Nicaragua y en Guatemala se habían desencadenado, al igual que en El Salvador, energías organizativas axiales que eran portadoras de un horizonte de transformación estructural. Para 1973, en Nicaragua, la perspectiva de cambio había recuperado su aliento estratégico y se enderezaba hacia objetivos más tangibles. Y en Guatemala, un contingente de 'nuevos guerrilleros' en enero de 1972 ingresó por la zona del Ixcán y un par de años después ese empeño se transformaría en el Ejército Guerrillero de los Pobres.

Roque Dalton estuvo en Cuba, entre 1968 y 1971, en el centro de las discusiones que nicaragüenses (encabezados por Carlos Fonseca Amador, 'Agatón') y guatemaltecos (bajo la conducción de Ricardo Ramírez de León, 'Orlando Fernández' y después 'Rolando Morán') desarrollaron con el objetivo de reconfigurar la lucha guerrillera.

De hecho, Dalton está enlazado con el Ejército Revolucionario del Pueblo a partir de 1971 y cumple, desde Cuba, algunas tareas concretas. Y es así que el regreso a El Salvador es ya punto de agenda.

well, has another mission) or a precise polemic, but a vital attitude. Yes, here the author is having fun ranting, disqualifying, mocking. He is celebrating his return to El Salvador in the midst of a hailstorm of bullets. He is affirming himself. He is neither tragic nor pathetic; he prefers his corrosive good humor to the mournful singsong that the pitiful bard has already forgotten. Here Dalton affirms that the new word is risk.

Revisiting this book thirty-four years after it was written, one gets the feeling that Roque, in his determined political zeal, not only communicates his reasons but is also aware that every day may be his last. That is why these pages have a strange power: they evoke situations, announce collisions, propose boundaries.

But *Stories and Poems* is also a literary artifact that must be understood in relation to the era in Central American history that it was enmeshed in.

In the political arena, in Nicaragua and Guatemala, as in El Salvador, an energy had been unleashed that created new horizons of structural transformation. By 1973, in Nicaragua, the perspective of change had regained its strategic spirit and was redirected toward more tangible objectives. In January 1972, a "new guerilla" contingent entered Guatemala through Ixcán and, a few years later, became the Guerilla Army of the Poor.

In Cuba, from 1968 to 1971, Roque Dalton actively participated, alongside Nicaraguans (led by Carlos Fonseca Amador, "Agatón") and Guatemalans (led by Ricardo Ramírez de León, "Orlando Fernández," and "Rolando Morán"), in discussions that sought to reconfigure guerilla warfare.

In fact, Dalton was linked to the People's Revolutionary Army as early as 1971 and had a specific assignment in Cuba. Thus, he was already a subject of discussion upon his return to El Salvador.

Roque Dalton was not a spectator in Havana. He forged ideas, informed himself, debated, promoted initiatives. He wrote like a man

Por eso Roque Dalton desde La Habana no fue un espectador. Fraguó ideas, se informó, debatió, propulsó iniciativas. Escribió como un poseído, y no solo poesía como algunos se han encargado, no sin malicia, de pontificar. Viajó por aquí y por allá, olfateó senderos, exploró atisbos, y quizá sin tener un mapa delineado a la perfección, como solo lo hacen los aventureros de raza. Todo eso está grabado en este poemario.

En *Taberna y otros lugares* (1969) halló un punto de vista veraz para su poesía; en *Las historias prohibidas del Pulgarcito* desmitificó e inauguró discursos poéticos; en *Un libro rojo para Lenin* teorizó montado sobre la poesía. En *Historias y poemas* Dalton apresuró el paso y se puso a cantar, integrado a un nuevo coro, una canción disonante.

En la senda de Bertolt Brecht, autor caro a Roque, y jugando a los heterónimos (como lo hiciera en su momento Fernando Pessoa, en otro contexto por supuesto), *Historias y poemas* planta cara al melifluo Parnaso y al adocenado cuerpo-político-que-dice-sudar-la-camisa. Reclama y expone.

Si este libro se lee como un listado de dolamas y de sinsabores, entonces no se entiende que la poesía moderna, enarbolada por un autor que se halla bordeando los límites existenciales, tiene como objetivo principal darle continuidad a la tradición de la ruptura.

Cuando se pondera el conjunto poético de Roque Dalton siempre se corre el riesgo de querer restringirlo a tales o cuales características. Porque considerado en solitario este libro pudiera pensarse que todos los caminos están cerrados para la poética de Dalton. Es cierto, no todos los poemas del volumen cuentan con el mismo nivel de elaboración formal. Pero es muy probable que el autor, de haber sobrevivido, hubiera suprimido e integrado textos, e incluso reescrito buena parte. Esa fue su práctica de escritor responsable.

Ahora, en 2023, quizás algunos poemas o, para algunos muy quisquillosos, la totalidad de *Historias y poemas* resulte un material desenfocado, por su insolencia y por su modo despiadado de tratar possessed, and not only poetry as some maliciously pontificated. He traveled here and there, sniffed out paths, explored vistas, all without having a perfectly delineated map, as only true adventurers do. All of which is recorded in this collection of poems.

In *Tavern and Other Places* [*Taberna y otros lugares*] (1969), he found a truthful point of view for his poetry; in *The Forbidden Stories of Tom Thumb,* he demystified and inaugurated poetic discourses; in *A Red Book for Lenin,* he theorized about poetry. In *Stories and Poems,* Dalton accelerated the pace and began to sing in chorus a dissonant song.

Following the path of Bertolt Brecht, an author dear to Roque, and playing with heteronyms (as Fernando Pessoa did in his time, in another context of course), Dalton in *Stories and Poems* faces the mellifluous Parnassus and the mediocre political-body-that-requires-blood-sweat-and-tears. The book demands and exposes.

To read this book as a list of pains and sorrows would be to miss the point that modern poetry, composed here by an author who is pushing up to the existential limits, has as its main objective to continue the tradition of rupture.

When considering Roque Dalton's poetic output, one is always at risk of wanting to restrict it to such and such characteristics. Because when considering this book alone, one might think that all roads are closed for Dalton's poetics. It is true, that not all the poems in this volume have the same level of formal elaboration. Had the author survived, he probably would have left out certain texts, added others, and even rewritten a good part of them. That was his practice as a responsible writer.

Now as I write, in 2023, perhaps some poems or, for some persnickety people, the whole of *Stories and Poems* may be considered out of focus, because of the insolent and merciless way Dalton deals with themes and problems, even characters. But is it not similar to what he did in *The Forbidden Stories of Tom Thumb*?

temas y problemas, y hasta personajes. ¿Pero acaso no es similar a lo que hizo en *Las historias prohibidas del Pulgarcito*?

Roque, en 1974, año en el que pareciera que se fraguó la mayoría de los poemas (sus referencias explícitas así lo sugieren), no es un escritor diletante ni tampoco un militante político bisoño. Vive un momento espectacular de su vida, una circunstancia anhelada y buscada con desesperación desde al menos 1971 que comprendió que en su país se había abierto otro momento político. No vino a pagar una deuda sino a adoptar la posición que él creía adecuada en aquel lapso tan difícil para El Salvador. Porque pudo haberse excusado o haber interpuesto pretextos de variada imaginación y postergado su retorno para cuando hubiese escampado. No lo hizo y prefirió tomar el camino de espinas.

Este libro no es un testamento, pero sí un testimonio poético. Aquí el poeta no deja de ser poeta y más bien iza la bandera de la poesía para contarnos lo que su piel / su mente / sus tripas están experimentando en aquella circunstancia política.

La poesía salvadoreña y la poesía centroamericana han recorrido mucho trecho desde 1975, y no puede decirse que se han hecho cargo de forma exclusiva de los problemas literarios planteados por Dalton. Sin embargo, es innegable que la poética de Roque introdujo novedades sustantivas que han ejercido y de seguro seguirán ejerciendo una influencia importante en la creación literaria de la región. Por su coraje y también por su irreverencia.

Historias y poemas de una lucha de clases en ningún sentido constituye un producto literario fallido de parte de Roque Dalton. Hay que verlo como un atrevimiento, una tentativa que se despliega en medio de un escenario donde las palabras cuentan, pero los hechos resultan decisivos. Estos poemas discurren sobre eso. De ahí que debe afirmarse sin ambages que en este libro asoma de algún modo lo esencial del programa literario de un autor que al filo de los cuarenta años no ceja en su intento por volver a comenzar.

By 1974, the year in which most of the poems in *Stories and Poems* seem to have been forged (his explicit references suggest so), Roque is neither a dilettante writer nor a novice political activist. He is living a spectacular moment in his life, a circumstance longed for and desperately sought since at least 1971, when he realized that another political moment had opened up in his country. He did not come to pay a debt but to adopt the position he believed to be appropriate in that difficult period for El Salvador. He could have declined or used various imaginary pretexts to postpone his return until the political climate was mild. He preferred to take the thorny path.

This book is not a testament but a poetic testimony. Here the poet does not stop being a poet—rather, he raises the flag of poetry to tell us what his skin / his mind / his guts are experiencing in that political circumstance.

Salvadoran poetry and Central American poetry have come a long way since 1975, and it cannot be said that they have only addressed the literary problems raised by Dalton. However, it is undeniable that Roque's poetics introduced substantive novelties that have exerted and will surely continue to exert an outsized influence on the region's literary creation, for his courage and also for his irreverence.

Stories and Poems of a Class Struggle in no sense constitutes a failed literary endeavor on the part of Roque Dalton. It must be read as a bold yet cautious act unfolding in a context where words count but deeds are decisive. These poems are about that. This book, it must be stated without ambiguity, contains the essence of Roque Dalton's literary program, that of an author who, at the age of forty, does not hesitate to start from scratch.

When one considers Dalton's literary trajectory, of which his extensive bibliography provides ample testimony, it is evident that the author is constantly concerned with themes that hold the

Al ponderar la trayectoria literaria de Dalton, de la que su nutrido registro bibliográfico da cuenta, salta a la vista la preocupación constante del autor por explorar temas en los que siempre existe la posibilidad del naufragio. Solo un creador cuyo talante intelectual le exigía afrontar riesgos podía osar a saltar las bardas sin gesticulaciones de dolor. De esa tesitura son los materiales de este libro.

El tiempo ha pasado, Roque Dalton, su obra literaria, de cabo a rabo, circula sin dificultad. Su propuesta estética apunta a la complejidad y en ciertas partes inclusive hay algunas zonas de sombra. Pero su palabra está viva, como la siempreviva poesía, de la que él fue devoto practicante.

Historias y poemas de una lucha de clases, señalado como un libro de poca cuantía, según el díscolo parlotear de cierta crítica pundonorosa, debería ser visto como un patito feo. Sin embargo, está aquí, de nuevo, mostrando un mundo palpitante y dando cuenta de la saga de un creador audaz y enérgico.

—JAIME BARBA
San Salvador, Centroamérica
marzo 2023

possibility of a shipwreck. Only a creator whose intellectual disposition demands that he take huge risks could dare to jump over the obstacles without wincing in pain. The material in this book comes out of this frame of mind.

Time has passed. The literary production of Roque Dalton circulates freely. His writing style and ethos point to complexity and, in certain parts, to obscurity. But his word, the ever-living poetry of which he was a devoted practitioner, is alive.

Stories and Poems of a Class Struggle, signaled by certain critics and pundits as a book of little account, should be seen as an ugly duckling. It keeps turning up, revealing a pulsing world, and giving an account of the saga of an audacious and energetic creator.

—JAIME BARBA
San Salvador, Central America
March 2023

Recordando en Roque

Roque Dalton, quien siempre dijo que su mamá era una salvadoreña pobre muy trabajadora y que su papá era un descendiente de los famosos hermanos Dalton —salidos del impetuoso oeste de los EE. UU.— un hombre rico que de una forma u otra se empató con su mamá y pagó por su educación pero nunca vivió con ellos en realidad, nació en San Salvador en 1935. Un par de forros de libros tienen otra fecha . . . pero esta es la verdadera.

Roque fue educado en escuelas jesuitas, asistió a las universidades de Chile y México y se convirtió en miembro del partido comunista de su país a temprana edad. Las fases múltiples de su mente, sus talentos, habilidades, son una combinación de todo eso: precisión jesuita, los mundos cosmopolitas de Chile y México cuando muchos de los problemas que todavía inquietan a latinoamérica salían a la superficie y una entrega profunda de la clase trabajadora al Partido Comunista. Así, como por supuesto la vida cotidiana de su gente, ese particular sentido del humor siempre parte de su vida diaria, su generación, quien fue la primera en tomar las historia de lucha en sus manos y decir "vamos a hacer algo sobre esto". Y lo hicieron.

Conocí a Roque por primera vez en México en 1964. Poetas de algunos países latinoamericanos y de los Estados Unidos se daban cita en el parque de Chapultepec, enfrascados en lecturas maratónicas en las cuales nos deleitábamos y aplaudíamos nuestros trabajos mutuamente.

Éramos los poetas en torno a algunas revistas como *El Corno Emplumado* (la cual yo editaba en ese tiempo, junto con el poeta mexicano Sergio Mondragón), *Eco Contemporaneo* (editado en Buenos Aires por Miguel Grinberg), *Pájaro Cascabel* (encabezado por Thelma Nava), *El Techo de la Ballena* (un grupo de Caracas) y

Thinking About Roque

Roque Dalton, who always said his mother was a poor, hard-working Salvadoran woman and his father a descendant of the famous Dalton Brothers—out of the US wild west—a wealthy man who somehow met up with his mother and paid for his schooling but never really lived with them, was born in San Salvador in 1935. A couple of his book jackets have another date . . . but that's the real one.

Roque was educated at Jesuit Schools, attended the Universities of Chile and Mexico, and became a member of his country's Communist Party at a very early age. The multiple facets of his mind, of his talents and skills, are a combination of all that: Jesuit precision, the cosmopolitan Chilean and Mexican worlds when many of the ideas still troubling Latin Americans were surfacing, and the deep working class commitment of a Communist Party. As well, of course, as the street life of his people, the particular humor always a part of his daily life, his generation—which was the first to take a history of struggle in hand and say "we're going to do something about all this." And they did.

I first met Roque in Mexico, in 1964. Poets from some of the Latin American countries and the United States were gathered in Chapultepec Park, engaged in marathon readings where we reveled in and applauded each other's work. We were the poets around such magazines as *El Corno Emplumado* (which I edited at the time, along with Mexican poet Sergio Mondragón), *Eco Contemporaneo* (edited in Buenos Aires by Miguel Grinberg), *Pájaro Cascabel* (headed by Thelma Nava), *El Techo de la Ballena* (a group from Caracas), and others. Roque arrived on the scene fresh from a jail break. He later often laughingly told us he thought he was the only Latin American poet who escaped a CIA firing squad because an earthquake had otros. Roque llegó a la escena recién fugado de la cárcel. Después, a menudo riéndose, nos decía que pensaba que era el único poeta latinoamericano que había escapado a un pelotón de fusilamiento de la CIA porque un temblor había destruido los muros de la prisión en la que lo tenían detenido y ese episodio queda reflejado en su (trágicamente) póstuma *Pobrecito poeta que era yo* . . . una novela extraordinaria sobre su generación que luchaba en pos de la liberación interna y externa.

Roque representaba la realidad para nosotros, en ese México de a mediados de los sesenta. Muchos de nosotros aún pensábamos que la "política quedaba fuera de la esfera del arte". Roque nos hizo ver que no era así. Nos enseñó, entre otras cosas, que el sentido simplista del "realismo socialista", en términos de expresión creativa, no era ni más ni menos que la falta de respeto por el trabajo que hacíamos. Que el arte era vida y que la dedicación política (no en el sentido estrecho en que habíamos aprendido a visualizarla, sino en todo su sentido) era simplemente eso: una dedicación a la vida. Que el arte para ser revolucionario en primer lugar tenía que ser bueno.

Roque y yo nos volvimos a encontrar en 1967 en la Playa Varadero de Cuba. Cerca de ochenta poetas de distintas partes del mundo se habían reunido ahí en honor al centenario del natalicio del gran poeta nicaragüense Rubén Darío. Roque había venido de Praga, donde entonces editaba la *Revista Internacional* del movimiento comunista. Su hijo menor, Jorge, estaba con él. Jorge había sufrido un ataque de pulmonía y necesitaba del sol cubano para restablecerse. Roque y yo continuábamos con el diálogo que habría de ser muy importante para mí . . . y muchos otros que tuvieron la fortuna de contar con él como amigo y hermano.

En 1970 Roque, Ernesto Cardenal, Cintio Vitier, Washington Delgado y yo formamos el jurado para el premio poesía de Casa de las Américas. Unánimemente seleccionamos como libro ganador tumbled the walls of the prison they were holding him in, an episode that is reflected in his (tragically) posthumous *Pobrecito poeta que era yo* [*Poor Little Poet, I Was*] . . . an extraordinary novel about his generation's grappling with the search for inner and outer liberation. Roque was reality to us then, in our Mexico City of the midsixties. Many of us still thought that "politics was outside the realm of art." Roque made us see that wasn't so. He taught us, among many other things, that a simplistic sense of "socialist realism," in terms of creative expression, was nothing more nor less than a lack of respect for the work we were doing. That art was life, and that political commitment (not in the narrow sense we had been taught to view it, but in the fullest sense) was simply that: a commitment to life. That art, to be revolutionary in the first place, had to be good.

Roque and I met again in 1967, on Cuba's Varadero Beach. Some eighty poets from different parts of the world had gathered there to honor the 100th anniversary of the great Nicaraguan poet: Rubén Darío. Roque had come from Prague, where he was then editing the Communist Movement's *World Marxist Review*. He had his youngest son, Jorge, with him. Roque and I continued the dialogue that was to become more and more important to me . . . and to so many who were fortunate to count him as friend and brother.

In 1970 Roque, Ernesto Cardenal, Cintio Vitier, Washington Delgado, and I formed the Casa de las Américas jury to award their poetry prize. We unanimously selected Carlos María Gutiérrez's *Diario del cuartel* [*Prison Diary*] as the winning book. Working with Roque on the jury was another lesson in his deep poetic-political sense.

Some years later, when we both lived in Cuba, I helped him type the final manuscript for *Miguel Marmól*, his classic on the life of an old-time revolutionary from El Salvador, whose struggle

Diario del cuartel de Carlos María Gutiérrez. Trabajando con Roque como parte del jurado representó otra lección de su profundo sentido poético-político.

Algunos años después, cuando ambos vivíamos en Cuba, le ayudé a pasar a máquina el manuscrito final de *Miguel Marmól*, su clásico sobre la vida de un revolucionario de la vieja guardia de El Salvador, cuya lucha traza todo el movimiento de América Central en su cambio desde los años veinte hasta el presente. Roque había visto a Marmól en Praga, cuando este había pasado en camino a un congreso sindical en la Unión Soviética. De regreso por Praga, el viejo acordó quedarse y contarle su experiencia a su hermano menor ... y el resultado es un libro sin el cual ningún entendimiento de lo que pasa en Centroamérica estaría completo. *Miguel Marmól* influyó muchísimo en mí, y como estoy segura en muchos otros, en la búsqueda de la historia del pueblo a través de la proyección de sus propias voces.

Para ese entonces Roque había escrito cerca de una docena de libros de poesía ... desde el temprano *El turno del ofendido* hasta *Taberna y otros lugares* (que ganó el premio poesía de Casa de las Américas 1969), *El libro rojo para Lenin* (inédito hasta la fecha ... casi 800 páginas de análisis poético sobre la lucha ideológica en el continente) y *El amor me cae más mal que la primavera* (un libro de poemas de amor). Sus ensayos políticos eran, y son, importantes tanto para miembros de su generación como de otras. Su polémica sobre la teoría focoísta sobre la lucha armada, entablada con Regis Debray, era un punto de referencia que interesaba a muchos en ese entonces.

En los últimos años de su vida, Roque trabajó en la fundación del ERP, una organización en su país, la cual, junto con otras, inició la actual fase final en la lucha por la liberación de El Salvador. Su objetivo, el cual logró, era regresar a El Salvador y luchar. No es que no hubiera estado luchando todo este tiempo. Lo estuvo. Pero traces the whole Central American movement for change from the early twenties to the present. Roque had seen him in Prague, when Marmól came through on his way to a labor congress in the Soviet Union. On his way back through Prague the older man agreed to stay and speak of his experience to his younger brother . . . and the result is a book without which no understanding of what's happening in Central America would be complete. *Miguel Marmól* influenced me a great deal—as I'm sure it has many others—in the search for people's history through the projection of their own voices.

By that time Roque had written some dozen books of poetry . . . from the early *El turno del ofendido* [*Turn of the Offended One*] through *Taberna y otros lugares* [*Tavern and Other Places*], which won the 1969 Casa de las Américas poetry prize), *Un libro rojo para Lenin* [*The Red Book for Lenin*], unpublished to date . . . some 800 pages of poetic analysis of ideological struggle on the continent), and *El amor me cae más mal que la primavera* [*Love Strikes Me Worse than Spring*], a book of love poems. His political essays were—and are—important to those of his generation and to others. His polemic on the *foco* theory of armed struggle, engaged with by Regis Debray, was a reference point for what concerned many at that time.

In the last few years of his life, Roque worked at founding the People's Revolutionary Army (ERP), an organization in his country which—along with others—initiated this current and final phase in El Salvador's struggle for liberation. His goal, which he fulfilled, was to return to El Salvador . . . and fight. Not that he hadn't been fighting all along. He had. But he needed the more immediate context. And that context needed him.

Roque visited the People's Democratic Republic of Korea, attending a world youth organization congress there . . . and writing about Revolution and Culture from a perspective that helped us cut through all the walls that prevented us from understanding necesitaba un contexto más inmediato. Y el contexto lo necesitaba a él.

Roque visitó la República Popular Democrática de Corea, asistió a un congreso mundial de organizaciones juveniles . . . y escribió sobre Revolución y Cultura desde una perspectiva que nos ayudó a cortar a traves de los muros que nos impedían comprender de qué se trataba ese aspecto de los coreanos. También fue a Vietnam. Mi última carta de Roque viene de Hanoi, a mediados de 1973. Estaba trabajando en una fábrica de bicicletas. Nunca olvidaré un párrafo en esa carta, en la cual Roque habla de su conciencia, adquirida en Vietnam, del tipo de sufrimiento y desolación que sería el destino de sus hermanos y hermanas en Latinoamérica en su difícil búsqueda por la libertad. Vietnam, la experiencia vietnamita, le permitió a Roque ver y sentir realmente esa agonía . . . entender de qué se trata.

El sexismo era un problema para Roque. Amaba a las mujeres y tuvo cientos de relaciones que fueron importantes para él . . . y claramente, asimismo, para las mujeres involucradas. Dejó viuda a Aída, quien no solo era la madre de sus tres hijos sino también fue como una hermana en el compromiso político. Pero el duro machismo centroamericano de Roque no era algo que él simplemente descartaba . . . hacia el final de su vida empezó a comprender su dolor y equivocación y luchó contra eso. Los últimos poemas, particularmente esos escritos bajo el nombre de "Vilma Flores", así lo demuestran.

Cuando Roque regresó a El Salvador, clandestino, a fines de 1974, lo hizo sabiendo que su papel en la lucha sería múltiple. Tenía ideas sólidas sobre la dirección que debería tomar la lucha. Sus ideas eran el producto del análisis y reevaluación que siempre fueron parte importante de su vida. También sabía que continuaría escribiendo poesía, pero que no podría hacerlo bajo su nombre. Así que inventó a cinco poetas: una mujer y cuatro hombres what the Koreans were all about in that respect. He also went to Vietnam. My last letter from Roque comes from Hanoi, mid-1973. He was working in a bicycle factory. I'll never forget a paragraph in that letter, in which Roque speaks of his consciousness, gained in Vietnam, of the kind of suffering and devastation which would be the lot of his Latin American brothers and sisters in their difficult quest for freedom. Vietnam, the Vietnamese experience, enabled Roque to really see and touch that agony . . . to understand what it's about.

Sexism was a problem for Roque. He loved women, and had hundreds of relationships important to him . . . and clearly to the women involved, as well. He left his widow, Aida, who was not only the mother of his three sons but a trusted political sister. But Roque's hard Central American machismo was not something he simply tossed off . . . toward the end of his life he began to understand its pain and wrongness, and he struggled with that. The last poems, especially those written in the name of "Vilma Flores," show that to be so.

When Roque went back to El Salvador, underground, at the end of 1974, he did so knowing his role in the struggle would be multiple. He had solid ideas about the direction the struggle should be taking . . . a product of analysis and reevaluation that was always an important part of his life. He also knew he would continue writing poetry, but that he wouldn't be able to do that under his own name. So he invented five poets: a woman and four men whose concerns and poetic styles addressed the concrete stiutation he found in his country. These are the "clandestine poems," the poems of Vilma Flores, Timoteo Lúe, Jorge Cruz, Juan Zapata, and Luis Luna. The poems of Roque Dalton, just before his death.

Roque was tortured and eventually murdered . . . by a militaristic faction of his own organization . . . impossible for people to know or prevent that barbarism in time . . . an incident that was, cuyas preocupaciones y estilos poéticos se dirigían a la situación concreta que él halló en su país. Estos son los "poemas clandestinos", los poemas de Vilma Flores, Timoteo Lúe, Jorge Cruz, Juan Zapata y Luis Luna. Los poemas de Roque Dalton poco antes de su muerte.

Roque fue torturado y eventualmente asesinado... por una facción militarista de su propia organización... imposible haber sabido o prevenido esa barbarie a tiempo... un incidente que, trágicamente, hubo de ser repetido en la más reciente historia de la lucha salvadoreña. Un país que conoció una represión en 1932 que costó 30,000 vidas. Un país que ha aguantado —no sin enorme costo humano— la agonía del abuso por la mayor parte de su historia. Un país aparentemente en manos de un puñado de familias... y una sucesión de administraciones estadounidenses. Tal vez este tipo de distorción no puede sino producir este tipo de tragedia. Así como la certeza absoluta de una victoria para el pueblo... ahora claramente más cercana que antes.

Roque murió el 10 de mayo de 1975 y su asesinato fue acompañado por intentos de oscurecer lo occurrido con acusaciones de "agente de la CIA", "agente de Cuba" y demás. Pero los asesinos de Roque no estaban en condiciones de medir el poder de sus aún vivientes círculos de energía y amor, brillantez y humor, su talento y enseñanza. Como es a menudo el caso, pudieron matar su cuerpo, pero no su mente, no su poesía, no su nitidez de visión, su percepción y fortaleza.

Roque no tenía aún cuarenta años cuando murió, pero había dado varias vidas a las luchas contínuas de sus hermanos y hermanas en más de un país. Siempre me ha desconcertado el que su trabajo hasta ahora no sea conocido en los Estados Unidos. Hoy, parece ser, el esfuerzo ha sido hecho por más de un/a traductor/a, amante de la poesía y pequeñas editoriales. Al mismo tiempo que esta publicación de los poemas clandestinos [*Historias y poemas de una lucha* tragically, to be repeated in the more recent history of Salvadoran struggle. A country that knew a repression costing 30,000 lives in 1932. A country that has weathered—though not without enormous human cost—the agony of misuse for the better part of its life. A country owned by several dozen families . . . and by a succession of US administrations. Perhaps that kind of distortion cannot help but produce this kind of tragedy. As well as the absolute certainty of people's victory . . . now clearly sooner than later.

Roque died on May 10th, 1975, and his assassination was accompanied by an attempt on the part of his murderers to obscure the event with accusations of "CIA agent," "agent of Cuba," and the rest. But Roque's murderers were in no position to gage the power of his still living circles of energy and love, his brilliance and humor, his talent and teaching. As is so often the case, they were able to kill his human body, but not his mind, not his poetry, not his clarity of vision, his perception and strength.

Roque wasn't yet forty when he died, but he'd given several lives over to the ongoing struggles of his brothers and sisters in more than one country. It's always been perplexing to me that his work has not been sooner known in the United States. Today, it seems, the effort has been made by more than one translator, lover of poetry, lover of life, and small press. Coincidentally, with this publication of the clandestine poems [*Stories and Poems of a Class Struggle*], Curbstone Press in Wilmantic, Connecticut is bringing out a book which is a selection from seven of Roque's works. It is warming and energizing to know that these great works will soon be known by more who will love and thrive on them throughout the United States.

Roque had a sense of life and struggle that enabled him to laugh at himself, dig beneath the surface and bring up the most difficult areas of human experience . . . touching them deeply, exploring them, and projecting them in a way both useful and beautiful. He *de clases*], Curbstone Press en Wilmantic, Connecticut está por publicar una selección de siete libros de Roque. Conmueve y resulta alentador el saber que estas grandes obras pronto serán conocidas por muchos que amarán y florecerán gracias a ellas, a través de los Estados Unidos.

Roque tenía un sentido de la vida y la lucha que le permitía reírse de sí mismo, escavar bajo la superficie y extraer las zonas más difíciles de la experiencia humana . . . tocándolas profundamente, explorándolas y proyectandolas en una forma útil y bella.

Pertenecía a una generación de poetas centroamericanos —entre ellos Otto-René Castillo y Arqueles Morales de Guatemala, Ricardo Morales y Leonel Rugama de Nicaragua y su propio hermano salvadoreño Manlio Argueta— cuyo trabajo combina y hasta cierto punto define una poética visionaria con una política visionaria.

—MARGARET RANDALL
Berkeley, California
noviembre 1983

belonged to a generation of Central American poets—among them Guatemala's Otto-René Castillo and Arqueles Morales, Nicaragua's Ricardo Morales and Leonel Rugama, and his own Salvadoran brother Manlio Argueta—whose work combines and, to a certain extent defines, a visionary poetic with a visionary politics.

—MARGARET RANDALL
Berkeley, California
November 1983

Historias y poemas de una lucha de clases / Stories and Poems of a Class Struggle

Como declaración de principios

Sea cual sea su calidad, su nivel, su finura, su capacidad creadora, su éxito, el poeta para la burguesía sólo puede ser:

SIRVIENTE,

PAYASO o

ENEMIGO

El payaso es un sirviente "independiente" que nada maneja mejor que los límites de su propia "libertad" y que un día llegará a enrostrarle al pueblo el argumento de que la burguesía "sí tiene sensibilidad". El sirviente propiamente dicho puede tener librea de lacayo o de ministro o de representante cultural en el extranjero, e inclusive pijama de seda para entrar en la cama de la *distinguidísima señora*. El poeta enemigo es ante todo el poeta enemigo. El que reclama su pago, no en halagos ni en dólares sino en persecuciones, cárceles, balazos. Y no sólo va a carecer de librea y de frac y de trajes de noche, sino que se va a ir quedando cada día con menos cosas, hasta tener tan sólo un par de camisas remendadas, pero limpias como la única poesía.

Parafraseando a Althusser, diremos de él que "instruido por la realidad aplastante y los mecanismos ideológicos dominantes, en constante lucha contra ellos, capaz de emplear en su práctica poética —contra todos las 'verdades oficiales'— las fecundas vías abiertas por Marx (prohibidas y obstruidas por todos los prejuicios reinantes), el poeta enemigo, no puede ni pensar en realizar su tarea, de naturaleza tan compleja y requerida de tanto rigor, sin una confianza invencible y lúcida en la clase obrera y sin una participación directa en su combate".

—LOS AUTORES

Declaration of Principles

Whatever his quality, his stature, his finesse, his creative capacity, his success, the poet can only be to the bourgeoisie:

SERVANT,
CLOWN or
ENEMY

The clown is an "independent" servant who manages nothing better than the limits of his own "liberty" and who one day will confront the people with the argument that the bourgeoisie "really has sensitivity." He who is really a servant can wear the uniform of lackey or minister or cultural representative abroad, including silk pajamas for entering the bed of the *most distinguished lady*.

The enemy poet is above all else the enemy poet. He who claims his wages not in flattery or dollars but in persecutions, prisons, bullets. And not only does he lack a uniform or tails or a suit, but every day he ends up with fewer things until the only thing he has is a pair of patched shirts but clean as unparalleled poetry.

Paraphrasing Althusser, let's say of him that "Instructed by crushing reality and the dominant ideological mechanisms, in constant struggle against them, able to use in his poetic discipline—against all 'official truths'—the fertile paths opened by Marx (forbidden and obstructed by all the reigning prejudices), the enemy poet cannot even think of accomplishing his task, of such a complex nature and requiring such rigor, without a lucid and invincible confidence in the working class and without direct participation in its struggle."

—THE AUTHORS

VILMA FLORES*

TODOS SON POEMAS DE AMOR

VILMA FLORES*

ALL ARE POEMS OF LOVE

* **Vilma Flores**: was first a law student but abandoned her career to work in a textile factory, and above all, to be able to participate in organizing the working class. She was born in San Salvador in 1945.

Sobre nuestra moral poética

No confundir: somos poetas que escribimos
desde la clandestinidad en que vivimos.

No somos, pues, cómodos e impunes anonimistas:
de cara estamos contra el enemigo
y cabalgamos muy cerca de él, en la misma pista.

Y al sistema y a los hombres
que atacamos desde nuestra poesía
con nuestra vida les damos la oportunidad de que se cobren,
día tras día.

On Our Poetic Moral

Don't be mistaken: we're poets who write
from the clandestinity in which we live.

So we're not comfortable and unpunished anonymists:
we confront the enemy directly
and ride very close to him on the same track.

And we give the system and the men
we attack—with our poetry
with our lives—the opportunity to get back at us
day after day.

Poeticus eficacciae

Podréis juzgar
la catadura moral de un régimen político,
de una institución política
o de un hombre político,
por el grado de peligrosidad que otorguen
al hecho de ser observados
por los ojos de un poeta satírico.

Poeticus Eficacciae

You can judge
the moral fiber of a political regime,
a political institution
or a political man,
by the degree of danger they consent to
by way of being observed
through the eyes of a satirical poet.

Sobre la plusvalía o el patrón le roba a dos en cada obrero

Los oficios domésticos de la mujer
le crean al hombre el tiempo
para el trabajo socialmente necesario
que no se le paga completo
(la mayor parte de su valor
se la roba el capitalista)
sino sólo lo suficiente
para que viva y pueda
seguir trabajando,
pago con el cual
el hombre vuelve a la casa
y le dice a la mujer
        ái que vea cómo hace
para que le alcance
en la tarea de cubrir todos los gastos
de los oficios domésticos.

On the Profit Margin or the Boss Robs Every Worker Twice Over

The woman's domestic functions
create time for the man
for socially necessary work
that he doesn't get fully paid for,
(the capitalist himself robs him of
the better part of his value)
just enough
to live on and be able
to continue working
pay with which
the man returns home
and mutters to his woman
   Oh well, see what you can do to manage
to have enough
to cover all expenses
of domestic functions.

Tercer poema de amor

A quienes te digan que nuestro amor es extraordinario
porque ha nacido de circunstancias extraordinarias
diles que precisamente luchamos
para que un amor como el nuestro
(amor entre compañeros de combate)
llegue a ser en El Salvador
el amor más común y corriente,
casi el único.

Third Poem of Love

Whoever tells you our love is extraordinary
because it was born of extraordinary circumstances
tell them we're struggling precisely
so that a love like ours
(a love among comrades in combat)
becomes
the most ordinary and common
almost the only
love in El Salvador.

Estadísticas sobre la libertad

La libertad de prensa del pueblo salvadoreño
vale 20 centavos diarios por cabeza
contando sólo a los que saben leer
y tienen más de viente centavos que les sobren
después de haber alcanzado a medio comer.

La libertad de prensa de los grandes
comerciantes industriales y publicistas
se cotiza a mil y pico de pesos por página en negro y blanco
y a no sé cuanto la pulgada cuadrada
de texto o ilustración.

La libertad de prensa
de don Napoleón Viera Altamirano
y los Dutriz y los Pinto y los dueños de El Mundo
vale varios millones de dólares:
lo que valen los edificios
construídos con criterio militar
lo que valen las máquinas y el papel y las tintas
las inversiones financieras de sus empresas
lo que reciben día a día de los grandes
comerciantes industriales y publicistas
y del Gobierno y de la embajada norteamericana y
de otras embajadas
lo que extraen de la explotación de sus trabajadores
lo que sacan del chantaje ("Por no publicar
la denuncia contra el distinguidísimo caballero
o por publicar oportunísimamente el secreto
que hundirá al pez más chico en la arena del fondo")

Statistics on Freedom

Freedom of the press for Salvadoran people
costs 20 centavos a day
counting only those who can read
and have more than 20 centavos left over
after eating barely enough to stay alive.

Freedom of the press for the big
industrial merchants and publicists
sells for thousands and change for a black and white page
and I don't know how much for a square inch
of text or illustration.

Freedom of the press
for Don Napoleón Viera Altamirano
and Dutriz and Pinto and the owners of El Mundo
is worth millions:
Which includes buildings
constructed on military principles
which includes machines and paper and ink
the financial investments of their enterprises
which day by day they receive from the big
industrial merchants and publicists
and from the Government and the North American and
other embassies
which they extract by exploitation of their workers
which they extort by blackmail ("by not printing
the denunciation of that most distinguished gentleman
or by opportunistically printing the secret
that will sink the smallest fish in the sea")

lo que ganan en concepto de derechos sobre
"exclusividades" por ejemplo
toallas Amor es . . . Estatuas Amor es . . .
lo que recaudan diariamente
de todos los salvadoreños (y guatemaltecos)
que tienen 20 centavos disponibles.

Dentro de la lógica capitalista
la libertad de prensa es simplemente otra mercancía
y de su totalidad
a cada quien le toca según paga por ella:
al pueblo veinte centavos diarios por cabeza de libertad de prensa
a los Viera Altamirano Dutriz Pinto y etcéteras
millones de dólares diarios por cabeza
de libertad de prensa.

which they earn from a concept of
"exclusive rights," for example
"LOVE IS" towels . . . "LOVE IS" figurines . . .
which they collect daily
from all Salvadorans (and Guatemalans)
who have the available 20 centavos.

In capitalist logic
freedom of the press is simply another business
and its value to each
is in proportion to what one pays for it:
for the people 20 centavos a head a day
for the freedom of the press,
for Viera Altamirano Dutriz Pinto, etc.
millions of dollars a head a day
for freedom of the press.

Para un mejor amor

Nadie discute que el sexo
es una categoría en el mundo de la pareja:
de ahí la ternura y sus ramas salvajes.

Nadie discute que el sexo
es una categoría familiar:
de ahí los hijos,
las noches en común
y los días divididos
(él, buscando el pan en la calle,
en las oficinas o en las fábricas;
ella, en la retaguardia de los oficios domésticos,
en la estrategia y la táctica de la cocina
que permitan sobrevivir en la batalla común
siquiera hasta el fin del mes).

Nadie discute que el sexo
es una categoría económica:
basta mencionar la prostitución,
las modas,
las secciones de los diarios que sólo son para ella
o sólo son para él.

Donde empiezan los líos
es a partir de que una mujer dice
que el sexo es una categoría política.

Toward a Better Love

"Sex is a political condition."
— KATE MILLETT

No one disputes that sex
is a condition in the world of the couple:
from there, tenderness and its wild branches.

No one disputes that sex
is a domestic condition:
from there, kids,
nights in common
and days divided
(he, looking for bread in the street,
in offices or factories;
she, in the rear-guard of domestic functions,
in the strategy and tactic of the kitchen
that allows survival in a common struggle
at least to the end of the month).

No one disputes that sex
is an economic condition:
it's enough to mention prostitution,
fashion,
the sections in the dailies that are only for her
or only for him.

Where the hassles begin
is when a woman says
sex is a political condition.

Porque cuando una mujer dice
que el sexo es una categoría política
puede comenzar a dejar de ser *mujer en sí*
para convertirse en *mujer para sí,*
constituir a la mujer en mujer
a partir de su humanidad
y no de su sexo,
saber que el desodorante mágico con sabor a limón
y jabón que acaricia voluptuosamente su piel
son fabricados por la misma empresa que fabrica el napalm
saber que las labores propias del hogar
son las labores propias de la clase social a que pertenece ese hogar,
que la diferencia de sexos
brilla mucho mejor en la profunda noche amorosa
cuando se conocen todos esos secretos
que nos mantenían enmascarados y ajenos.

Because when a woman says
sex is a political condition
she can begin to stop being just a *woman in herself*
in order to become a *woman for herself,*
establishing the woman in woman
from the basis of her humanity
and not of her sex,
knowing that the magic deodorant with a hint of lemon
and soap that voluptuously caresses her skin
are made by the same manufacturer that makes napalm
knowing the labors of the home themselves
are labors of a social class to which that home belongs,
that the difference between the sexes
burns much better in the loving depth of night
when all those secrets that kept us
masked and alien are revealed.

Los policías y los guardias

Siempre vieron al pueblo
como un montón de espaldas que corrían para allá
como un campo para dejar caer con odio los garrotes.

Siempre vieron al pueblo con el ojo de afinar la puntería
y entre el pueblo y el ojo
la mira de la pistola o la del fusil.

(Un día ellos también fueron pueblo
pero con la excusa del hambre y del desempleo
aceptaron un arma
un garrote y un sueldo mensual
para defender a los hambreados y a los desempleadores.)

Siempre vieron al pueblo aguantando
sudando
vociferando
levantando carteles
levantando los puños
y cuando más diciéndoles:
"Chuchos hijos de puta el día les va a llegar".

(Y cada día que pasaba
ellos creían que habían hecho el gran negocio
al traicionar al pueblo del que nacieron:
"El pueblo es un montón de débiles y pendejos —pensaban—
qué bien hicimos al pasarnos del lado de los vivos y de los fuertes".)

The Cops and the Guards

They always saw the people
as a mass of backs running away
as a field on which their clubs fell with hatred.

They always saw the people with an eye on sharpening their aim
and between the people and their eye
the sight of a pistol or a rifle.

(They too were once people
but with the excuse of hunger and unemployment
they accepted a weapon a club and a monthly salary
to defend the makers of hunger and unemployment.)

They always saw the people enduring
sweating
shouting
raising placards
raising fists
and what's more telling them:
"Dogs sons of whores, your day will come."

(And with every passing day
they figured they'd done a great thing
betraying the people they were born of:
"The people are a mass of cripples and fools they thought—
it's great we've gone over to the side of the clever and strong.")

(Y entonces era de apretar el gatillo
y las balas iban de la orilla de los policías y los guardias
contra la orilla del pueblo
así iban siempre
de allá para acá
y el pueblo caía desangrándose
semana tras semana año tras año
quebrantado de huesos
lloraba por los ojos de las mujeres y los niños
huía espantado
dejaba de ser pueblo para ser *tropel en guinda*
desaparecía en forma de *cada quién que se salvó para su casa*
y luego nada más
sólo que los Bomberos lavaban la sangre de las calles.

(Los coroneles los acababan de convencer:
"Eso es muchachos —les decían—
duro y a la cabeza con los civiles
fuego con el populacho
ustedes también son pilares uniformados de la Nación
sacerdotes de primera fila
en el culto a la bandera el escudo el himno los próceres
la democracia representativa el partido oficial y el mundo libre
cuyos sacrificios no olvidará la gente decente de este país
aunque por hoy no les podamos subir el sueldo
como desde luego es nuestro deseo".)

Siempre vieron al pueblo
crispado en el cuarto de las torturas
colgado
apaleado
fracturado

(And then the trigger was squeezed
and bullets went from the side of the cops and guards
to the side of the people
they always went that way
from there to here
and the people fell bleeding
week after week year after year
broken-boned
they wept through the eyes of the women and children
fleeing in terror
ceasing to be a people to become a *fleeing mob*
disappearing *every man for himself to his house*
and then there was nothing left
but the fireman hosing the blood off the streets.

(The colonels finished up by convincing them:
"That's the way it is, guys—they said—
hard and to the heads of the civilians
fire on the rabble
you are uniformed pillars of the Nation
priests of the first rank
in the cult of the flag the shield the hymn the Fathers
representative democracy the official party the free world
whose sacrifices the decent people of this land won't forget
though we can't give you a raise today
though of course we'd like to.")

They always saw the people
convulsive in the torture chamber
hanged
beaten
broken

tumefacto
asfixiado
violado
pinchado con agujas en los oídos y los ojos
electrificado
ahogado en orines y mierda
escupido
arrastrado
echando espumitas de humo sus últimos restos
en el infierno de la cal viva.

(Cuando resultó muerto el décimo guardia nacional.

                                        Muerto por el pueblo
y el quinto cuilio bien despeinado por la guerrilla urbana
los cuilios y los guardias nacionales *comenzaron a pensar*
sobre todo porque los coroneles ya cambiaron de tono
y hoy de cada fracaso le echan la culpa
a "los elementos de tropa tan muelas que tenemos".)

El hecho es que los policías y los guardias
siempre vieron al pueblo de allá para acá
y las balas sólo caminaban de allá para acá.

Que lo piensen mucho
que ellos mismos decidan si es demasiado tarde
para buscar la orilla del pueblo
y disparar desde allí
codo a codo junto a nosotros.

Que lo piensen mucho
pero entre tanto

swollen
asphyxiated
raped
ears and eyes pricked with needles
electrified
drowned in piss and shit
spit-upon
degraded
their last remains giving off little froths of smoke
in a hell of quicklime.

(When the tenth national guard was found dead, killed by
                                        the people
and the fifth cop was roughed up by the urban guerrilla
the cops and the national guard *began to think*,
especially because the colonels had already changed their tune
and laid the guilt for today's failure
on "these rotten troop recruits we have.")

The fact is the cops and the guards
always saw the people from there to here
and the bullets only traveled from there to here.

Let them think about that a while
let them decide whether it's too late
to seek the people's side
and shoot from there shoulder to shoulder with us.

Let them think about that a bit but meanwhile
they shouldn't be surprised
let alone offended

que no se muestren sorprendidos
ni mucho menos pongan cara de ofendidos
hoy que ya algunas balas
comienzan a llagarles desde este lado
donde sigue estando el mismo pueblo de siempre
sólo que a estas alturas ya viene de pecho
y trae cada vez más fusiles.

now that some bullets
have begun to reach them from this side
where it's still the same people as always
except now with their heads held high
and with more rifles all the time.

TIMOTEO LÚE*

POEMAS SENCILLOS

---

* **Timoteo Lúe**: estudiante de Derecho. Nacido en Suchitoto en 1950.

TIMOTEO LÚE*

SIMPLE POEMS

* **Timoteo Lúe**: student of law. Born in Suchitoto in 1950.

A la poesía

Agradecido te saludo poesía
porque hoy al encontrarte
(en la vida y en los libros)
ya no eres sólo para el deslumbramiento
gran aderezo de la melancolía.

Hoy también puedes mejorarme
ayudarme a servir
en esta larga y dura lucha del pueblo.

Ahora estás en tu lugar:
no eres ya la alternativa espléndida
que me apartaba de mi propio lugar.

Y sigues siendo bella
compañera poesía
entre las bellas armas reales que brillan bajo el sol
entre mis manos o sobre mi espalda.

Sigues brillando
junto a mi corazón que no te ha traicionando nunca
en las ciudades y los montes de mi país
de mi país que se levanta
desde la pequeñez y el olvido
para finalizar su vieja pre-historia
de dolor y de sangre.

To Poetry

I welcome you poetry
grateful because meeting you today
(in life and in books)
you don't exist merely for the dazzling
great adornment of melancholy.

Moreover you can improve me today
by helping me serve in
this long and difficult struggle of our people.

Now you are in your element:
no longer the splendid alternative
that divided me from my own place.

And you keep on being beautiful
comrade poetry
among beautiful real arms burning under the sun
between my hands and upon my shoulder.

You keep burning close
to my heart, which has never betrayed you
in the cities and mountains of my land
a land that lifts itself
from smallness and oblivion
to finalize its old pre-history
of grief and blood.

Recuerdo y preguntas

Aquí en la Universidad
mientras escucho un discurso del rector
(en cada puerta hay policías grises
dando su aporte a la cultura),
asqueado hasta la palidez, recuerdo
la triste paz de mi pobreza natal,
la dulce lentitud con que se muere en mi pueblo.

Mi padre está esperando allá.

Yo vine a estudiar
la arquitectura de la justicia,
la anatomía de la razón,
a buscar las respuestas
para el enorme desamparo y la sed.

Oh noche de luces falsas,
oropeles hechos de oscuridad:
¿Hacia dónde debo huir
que no sea mi propia alma,
el alma que quería ser bandera en el retorno
y que ahora quieren transformarme en trapo vil
en este templo de mercaderes?

Memory and Questions

While I'm listening to a rector's talk
here in the university
(grey cops are at every door
contributing to the culture),
nauseous till I'm pale, I remember
the sad peace of my native poverty,
the sweet sluggishness with which everything dies in my town.

My father is waiting there.

I came to study
the architecture of justice,
the anatomy of reason,
looking for answers
to the enormous helplessness and thirst.

Oh night of fake lights,
glitter made of obscurity:
where should I run
other than to my own soul,
the soul that wanted to be a flag returning
and which they want to transform into a despicable rag
in this temple of merchants?

Arte poética 1974

Poesía
Perdóname por haberte ayudado a comprender
que no estás hecha sólo de palabras.

Poetic Art 1974

Poetry
Forgive me for having helped you understand
you're not made of words alone.

Como la siempreviva

Mi poesía
es como la siempreviva
paga su precio
a la existencia
en términos de asperidad.

Entre las piedras y el fuego,
frente a la tempestad
o en medio de la sequía,
por sobre las banderas
del odio necesario
y el hermosísimo empuje
de la cólera,
la flor de mi poesía busca siempre
el aire,
el humus,
la savia,
el sol,
de la ternura.

Like the Everlasting

My poetry's
like the everlasting
paying for its price
to life
in rough-edged terms.

Among the rocks and the gunfire,
facing a storm
or in the midst of drought,
above flags
of necessary hatred
and the most beautiful rush
of rage,
the flower of my poems always looks for the
air,
humus,
sap,
sunlight,
of tenderness.

Como tú

Yo, como tú,
amo el amor, la vida, el dulce encanto
de las cosas, el paisaje
celeste de los días de enero.

También mi sangre bulle
y río por los ojos
que han conocido el brote de las lágrimas.

Creo que el mundo es bello,
que la poesía es como el pan, de todos.

Y que mis venas no terminan en mí
sino en la sangre unánime
de los que luchan por la vida,
el amor,
las cosas,
el paisaje y el pan,
la poesía de todos.

Like You

Like you I
love love, life, the sweet smell
of things, the sky-blue
landscape of January days.

And my blood boils up
and I laugh through eyes
that have known the buds of tears.

I believe the world is beautiful
and that poetry, like bread, is for everyone.

And that my veins don't end in me
but in the unanimous blood
of those who struggle for life,
love,
little things ,
landscape and bread,
the poetry of everyone.

Vida, oficios

Insoslayable para la vida,
la nueva vida me amanece: es un pequeño
sol con raíces que habré de regar mucho
e impulsar a que juegue
su propio ataque contra la cizaña.

Pequeño y pobre pan de la solidaridad,
bandera contra el frío, agua fresca para la sangre:
elementos maternos que no deben alejarse
del corazón.

Y contra la melancolía, la confianza; contra
la desesperación,
la voz del pueblo
vibrando en las ventanas de esta casa secreta.

Descubrir,
descifrar,
articular,
poner en marcha:
viejos oficios de los libertadores y los mártires
que ahora son nuestras obligaciones
y que andan por ahí contándonos los pasos:
del desayuno al sueño,
del sigilo en sigilo,
de acción en acción,
de vida en vida.

Life, Works

Inevitable in life,
the new life dawns in me: a small
sun with roots that I will have to water deeply
and push to fight their own battle
against the weeds.

Small and poor bread of solidarity,
flag against the cold, fresh water for the blood:
maternal elements that mustn't withdraw
from the heart.

And against melancholy, faith; against
desperation,
the people's voice
vibrating in the windows of this secret house.

Discovering,
deciphering,
articulating,
setting in motion:
the old works of liberators and martyrs
that are our obligations now
and that walk around counting our steps:
from breakfast to sleep,
from secret to secret,
from action to action,
from life to life.

JORGE CRUZ*

POEMAS PARA SALVAR A CRISTO

* **Jorge Cruz**: nació en San Miguel en 1939. Fue dirigente católico universitario y posteriormente asesor jurídico voluntario del movimiento obrero católico. Habiendo renunciado a su carrera universitaria dedica por completo su tiempo en la actualidad a la labor de concientización cristiana-revolucionaria entre los trabajadores rurales. Ha escrito un extenso análisis de la obra de Paulo Freire y ha publicado en edición clandestina "Oda Solidaria a Camilo Torres" (1972).

JORGE CRUZ*

POEMS TO SAVE CHRIST

* **Jorge Cruz**: born in San Miguel in 1939. He was a Catholic University student leader and subsequently a volunteer legal advisor to the Catholic Worker movement. Having renounced his university career, he dedicates all his time to the work of Christian-revolutionary conscience among rural workers. Has written an extensive analysis of the work of Paulo Freire and published an underground edition of "Solidarity Ode to Camilo Torres" (1972).

Atalaya

Una religión que te dice que sólo hay que mirar hacia arriba
y que en la vida terrenal todo es bajeza y ruindad
que no debe ser mirado con atención
es la mejor garantía para que tropieces a cada paso
y te rompas los dientes y el alma
contra las piedras rotundamente terrenales.

Watchtower

A religion that tells you there's only pie in the sky
and all earthly life is lousy and vicious
and that you shouldn't be too concerned
is the best guarantee you'll stumble at every step
and break your teeth and soul
against absolutely earthly rocks.

Sobre el negocio bíblico

Dice la Biblia
que Cristo multiplicó para el pueblo
el pan y los peces.

Si lo hizo, hizo bien,
y eso lo hace más grande que un gran general
que ganara mil batallas donde murieron millones de pobres.

Pero en la actualidad los norteamericanos
para evitar que el pan y los peces se multipliquen
y todo el mundo soporte con resignación
el hambre multiplicada que es parte del gran negocio,
multiplican la producción de Biblias
en todos los idiomas que hablamos los pobres
y nos las envían en manos de jóvenes rubios
que han sido minuciosamente adiestrados por sus generales.

On Biblical Business

The Bible says
Christ multiplied bread
and fish for the people.

If that's so, he did well
and that makes him greater than a great general
who wins a thousand battles in which millions of poor people die.

But at present the North Americans,
to see that bread and fish don't multiply
and that everyone suffers in resignation
the multiplied hunger that's part of big business,
step up production of Bibles
in all the dialects we poor speak
and ship them to us in the hands of blond young men
who've been thoroughly trained by their generals.

Credo del Che

El Che Jesucristo
fue hecho prisionero
después de concluir su sermón en la montaña
(con fondo de tableteo de ametralladoras)
por rangers bolivianos y judíos
comandados por jefes yankees-romanos.

Lo condenaron los escribas y fariseos revisionistas
cuyo portavoz fue Caifás Monje
mientras Poncio Barrientos trataba de lavarse las manos
hablando en inglés militar
sobre las espaldas del pueblo que mascaba hojas de coca
sin siquiera tener la alternativa de un Barrabás
(Judas Iscariote fue de los que desertaron de la guerrilla
y enseñaron el camino a los rangers)

Después le colocaron a Cristo Guevara
una corona de espinas y una túnica de loco
y le colgaron un rótulo del pescuezo en son de burla
INRI: Instigador Natural de la Rebelión de los Infelices

Luego lo hicieron cargar su cruz encima de su asma
y lo crucificaron con ráfagas de M-2
y le cortaron la cabeza y las manos
y quemaron todo lo demás para que la ceniza
desapareciera con el viento

En vista de lo cual no le ha quedado al Che otro camino
que el de resucitar

Credo of Che

Che Jesus Christ
was taken prisoner
after finishing his sermon on the mountain
(to a background of rattling machine guns)
by Bolivian and Jewish rangers
commanded by Yankee-Roman chiefs

Revisionist scribes and pharisees condemned him
Caiphas Monje was their mouthpiece
while Pontius Barrientos tried washing his hands
speaking in military English
on the backs of people chewing coco leaves
without even having the alternative of a Barrabas
(Judas Iscariot was one of those who deserted the guerrilla
and pointed out their trail to the rangers)

Then they put a crown of thorns
and a madman's smock on Christ Guevara
and amid jeers, hung a sign from his neck—
INRI: Instigator of the Natural Rebellion of the Impoverished

Then they made him carry his cross in addition to his asthma
and they crucified him with M-2 bursts
and they cut off his head and hands
and they burned the rest so that the ash
would disappear with the wind

In view of which no other path remains for Che
than to rise from the dead

y quedarse a la izquierda de los hombres
exigiéndoles que apresuren el paso
por los siglos de los siglos

Amén.

and sit on the left hand of the people
exhorting them to step up the pace
for centuries and centuries

Amen.

Variaciones sobre una frase de Cristo

I

"Dad a Dios lo que es de Dios
y al César lo que es de César".

Dad a Dios lo que es de Dios
y al gobierno fascista del presidente Molina
lo que es del gobierno fascista del presidente Molina.

Yo no pretendo saber desde mi pequeñez
todo lo que es de Dios

Pero sí estoy seguro de lo que debemos dar
al gobierno fascista del Presidente Molina.

II

Dad a Dios lo que es de Dios
y al gobierno de los ricos
lo que es del gobierno de los ricos.

Pero
¿qué más vamos a darle al gobierno de los ricos
si con ayuda de su gobierno los ricos ya acabaron
de quitárnoslo todo?

Variations on a Phrase by Christ

I

"Render unto God that which is God's
and to Caesar that which is Caesar's."

Render unto God that which is God's
and to the fascist government of president Molina
that which the fascist government of president Molina deserves.

I don't pretend to know, since my infancy,
everything that is God's

But I'm sure about what we must give
the fascist government of President Molina.

II

Give unto God that which is God's
and to the government of the rich
that which belongs to the government of the rich.

But
what more can we give the government of the rich
if with the help of its government the rich have already finished
ripping us off for everything?

Dos religiones

Cuando en el horizonte se perfila la revolución
se alborota el viejo caldero de las religiones.

En épocas normales
la religión era ir a misa,
pagar diezmos a la casa de Dios,
bautizar a los hijos
y confesar los pecados para arreglar cuentas con uno mismo.

Cuando en el horizonte se perfila la revolución
las iglesias recuerdan a las masas,
bajan a ellas desde las nubes y los misterios
y desde la tranquilidad dominical.

Los pastores cachetones hablan del fin del mundo
cuando lo que se acerca es el fin de la explotación;
los profetas histéricos hablan de definirse entre el Bien y el Mal
cuando el pueblo necesita definirse
contra la opresión y el hambre.

Cuando la revolución social comienza a desplegar sus banderas
los herederos de quienes crucificaron a Cristo
nos dicen que Cristo es la única esperanza
y precisamente porque nos espera
allá en su Reino, que no es de este mundo.

Esta es la religión que fue señalada por Marx
como "opio de los pueblos"

Two Religions

When revolution is outlined on the horizon
the old cauldron of religions gets stirred up.

In normal times
religion meant going to Mass
paying tithes for God's house
baptizing children
and confessing sins to keep one's account in order.

When revolution is outlined on the horizon
churches remember the masses
and come down from the clouds and mysteries
and Sunday tranquility.

Fat pastors speak of the end of the world
when what's approaching is the end of exploitation;
hysteric prophets speak of deciding between Good and Evil
when the people need to decide
against oppression and hunger.

When social revolution begins to unfurl its flags
the heirs of those who crucified Christ
tell us Christ is the only hope
precisely because he waits for us
there in his kingdom, that is not of this world.

This is the religion pointed to by Marx
as "the opium of the people"

ya que en esa forma es una droga más para tupir la cabeza de los
hombres
e impedirles encontrar su camino en la lucha social.

Pero Camilo Torres, entre otros,
nos dejó dicho que también hay una religión positiva
que surge del alma de la revolución
a la manera de los poemas y los cánticos,
y que se juega la vida en este mundo
y no hasta después de la muerte.

En esta religión militan hombres que son
(como los verdaderos comunistas)
la sal de la tierra.

since in that form it's more a drug for confusing the heads of men
and hindering them from finding their calling in the social struggle.

But Camilo Torres, among others,
has told us there is a positive religion too
that surges from the soul of revolution
by way of poems and songs,
and that one risks one's life in this world
and not after death.

In this religion men who serve are
(like true communists)
the salt of the earth.

Victoria divina

Esto de los Testigos de Jehová
está superjodido
porque después vendrán
los jueces de Jehová
los fiscales de Jehová
los cuilios de Jehová
los guardias nacionales de
Jehová y nos tomarán entre
todos
la declaración extrajudicial de Jehová.

Para no hablar todavía
del CONDECA de Jehová
y luego los *marines* de Jehová
y los bombardeos estratégicos de Jehová
más conocidos con el nombre de
Armagedón.

Divine Victory

This Jehovah's Witness stuff
is super fucked up
because later on
the Jehovah's judges
the Jehovah's cops
and the Jehovah's National Guard
will come
and exact from us
Jehovah's extra-legal oath.

Not to mention Jehovah's CONDECA
and the Jehova's *marines*
and the Jehova's strategic bombers
better known as
Armageddon.

Un obrero salvadoreño piensa sobre el famoso caso del Externado de San José

La Iglesia Católica, históricamente,
es una institución feudal-burguesa.

Estamos en el período de transición
del capitalismo al socialismo
y la Iglesia Católica trata de ponerse al día.

El marxismo-leninismo es,
además de la teoría de la revolución proletaria
y otras cosas por el estilo,
la ciencia de la Historia del proletariado.

El Externado de San José es,
"ad majorem Dei gloriam",
el gran colegio católico de la burguesía salvadoreña.

El Externado de San José
incluyó en su programa de sociología
algunos aspectos del marxismo
(como "vacuna saludable" y no como "portador de la enfermedad").

Los feudal-burgueses-colonizados más atrasados de El Salvador
gritan que el Externado de San José indoctrina a sus hijitos
en el comunismo.

Se arma una bulla terrible en los diarios y la TV
e interviene la Fiscalía General de la República

A Salvadoran Worker Thinks About the Famous Case of San Jose College

The Catholic Church, historically,
is a feudal-bourgeois institution.

We are in the transition period
from capitalism to socialism
and the Catholic Church is trying to catch up.

Marxism-Leninism is,
besides being the theory of the proletarian revolution
and other things like that,
the science of the history of the proletariat.

The College of San Jose is,
"ad majorem Dei gloriam,"
the great Catholic college of the Salvadoran bourgeoisie.

The College of San Jose
included in its sociology program
some aspects of Marxism
(like "health vaccine" and not like "carrier of the disease.")

The most backward of the colonized-feudal-bourgeoisie
cry that the College of San Jose is indoctrinating its kids
in communism.

A terrible fuss is being made in the papers and on TV
and the Attorney General of the Republic intervenes

y el presidente de la república de turno
y hablan de la bandera y de los próceres de la República
y del verdadero cristianismo de la República
tan amorosito y tranquilizante.

Entre tanto barullo y tantas cosas
es bien difícil atinar con completa seguridad,
pero yo me pregunto
¿no será este caso también un síntoma
de que la burguesía quiere robarle al proletariado
hasta el mismo marxismo?

and the president of the republic in his turn
and they talk of the flag and the fathers of the Republic
and of the true Christianity of the Republic
so loving and tranquilizing.

With so much confusion and so many things
it's difficult to completely see things clearly
but I ask myself:
Won't this case also be a symptom
of the bourgeoisie's wanting to rob from the proletariat
even Marxism?

Algunas de las primeras proposiciones para el epitafio de Su Excelencia Reverendísimo monseñor Francisco José Castro y Ramírez, Obispo Titular de la Ciudad de Santiago de María (QDDG) y más conocido por el pueblo (a quién el llamaba "Chusma") con el sobrenombre por cierto rotundo de "Sepulcro Blanqueado"

1

"De pocos hombres se puede decir que siguen siendo después de muertos, exactamente lo que fueron en vida".

2

"Toda una forma de ser de la Iglesia murió con él. Pues si hoy, por los cambios litúrgicos y de mentalidad, la Iglesia se define como una institución de cara al pueblo (exactamente como el sacerdote, en la nueva misa), monseñor Castro Ramírez fue la encarnación prototípica (o sea, nada simbólica) de una Iglesia de culo al pueblo . . .".

3

"Aquí yace quien, honrando la tradición familiar, tuvo más que una vida recta, una vida rectal . . .".

4

"Cuando enterraron a Cristo, era un costal de huesos por las hambreadas y los malos tratos que sufrió. El cadáver de Camilo Torres no echó casi sangre por los hoyos de los balazos ya que estaba anémico y todo tirisiento por los rigores de la vida guerrillera. Caminante que has llegado hasta este cementerio: ¿Podrá alguien

Some of the First Proposals for the Epitaph for His Most Reverend Excellency Monsignor Francisco José Castro Ramirez, Head Bishop of the City of Santiago de Maria (QDDG) and Better Known to the People (Whom He Called "Rabble") by the Definitive Nickname "White-Washed Tomb"

1

"Of few men can it be said that they continue existing after death exactly as they were in life."

2

"A whole part of the being of the Church died with him. So if today, because of changes of liturgy and consciousness, the Church is defined as an institution with its "face to the people" (exactly like the priest in the new mass), Monsignor Castro Ramirez was the prototypical incarnation (that is, in no way symbolic) of a Church with its ass to the people . . ."

3

"Here lies one who, honoring the family tradition, found more than righteous life, found a rectal life . . ."

4

"When they buried Christ, he was a sack of bones due to the starvations and wicked treatments he suffered. The cadaver of Camilo Torres hardly spilled any blood through the holes of his wounds as he was anemic and thoroughly wasted through the rigors of guerrilla life. Traveler, you who've arrived at this cemetery: Can anyone relacionar sus nombres con los del colorado panzón que aquí yace, fulminado por la gula por la vía del corazón?".

5

"Fue el último verdadero príncipe de la Iglesia en El Salvador. Menos mal que le sobreviven algunos Bonapartitos, algunos Mussolinitos, algunos Hitlercitos y algunos Cheles Medranos en la Iglesia en El Salvador".

6

"Si san Pedro fue la piedra de fundación eclesial de Dios y santa Teresa la poesía de Dios y fray Martín de Porres la escobita de Dios, monseñor Castro y Ramírez, a juzgar por el tono de sus discursos, fue un pedo malhumorado de Dios".

relate their names to that of that smutty fatso who lies here, struck down by a gluttony-attack of the heart?"

5

"He was the last true prince of the Church in El Salvador. Too bad that a few little Bonapartes, a few little Mussolinis, a few little Hitlers, and a few little Chele Medranos are surviving him in the Salvadoran Church."

6

"If St. Peter was the rock of the ecclesiastic foundation of God, and Saint Theresa the poetry of God, and Brother Martin de Porres the little broom of God, Monsignor Castro Ramirez, judging by the tone of his sermons, was an ill-humored fart of God."

JUAN ZAPATA*

HISTORIAS Y POEMAS CONTRA EL REVISIONISMO SALVADOREÑO

* **Juan Zapata**: fue estudiante de Sociología en la Facultad de Ciencias y Humanidades. Escribe también cuentos cortos. Los poemas que aquí se presentan son parte de un libro en preparación. Nació en San Salvador en 1944, precisamente el 2 de abril.

JUAN ZAPATA*

STORIES AND POEMS AGAINST
SALVADORAN REVISIONISM

---

* **Juan Zapata**: was a student of Sociology in the Faculty of Sciences and
Humanities. He also writes short stories. The poems presented here are
part of a book in preparation. He was born in San Salvador in 1944, on
April 2, to be exact.

Maneras de morir

El comandante Ernesto Che Guevara
llamado por los pacifistas
"el gran aventurero de la lucha armada"
fue y aplicó sus concepciones revolucionarias
a Bolivia.
En la prueba se perdió su vida y la de un puñado de héroes.

Los grandes pacifistas de la vía prudente
también probaron sus propias concepciones en Chile:
los muertos pasan ya de 30 mil.

Piense el lector en lo que nos dirían
si pudieran hablarnos de su experiencia
los muertos en nombre de cada concepción.

Ways of Dying

Commander Ernesto Che Guevara,
called *"the great adventurer of armed struggle"*
by pacifists
went and applied his revolutionary concepts
in Bolivia.
In the act he lost his life and those of a handful of heroes.

The great pacifists of the prudent path
tried out their own concepts in Chile:
the dead now exceed 30 thousand.

Imagine, reader, what they'd tell us
if they could speak of their experience,
those dead in the name of each concept.

Moraleja sobre el instrumento

Cuando el picapedrero
ve que se rompe su almádana
antes de construir su labor cotidiana
piensa en tener un instrumento más potente y mejor
y no acusa a la piedra de ser ultraizquierdista
por su forma de existencia resistente y tenaz.

Moral on the Tool

When the stone-cutter
finds his hammer broken
just before beginning his daily work
he thinks about having a better and more powerful tool
and doesn't accuse the stone of being ultra-left
because of its resistant and tenacious nature.

Viejos comunistas y guerrilleros

Ha habido en el país buenas personas
dispuestas a morir por la revolución.

Pero la revolución en todas partes necesita personas
que no sólo estén dispuestas a morir
sino también dispuestas a matar por ella.

De aquellas buenas personas el Che decía:
"Son capaces de morir en las cámaras de tortura
sin soltar una palabra,
pero son incapaces de tomar por asalto
un nido de ametralladoras".

Y es sabido que el enemigo de clase
para defender la explotación no sólo emplea
las cámaras de tortura
sino también nidos de ametralladoras
y muchísimas cosas más por el estilo.

En resumidas cuentas:
sólo aquellos que estén dispuestos a morir y matar
llegarán hasta el final siendo buenas personas
para la revolución.

Porque será por ellas que habrá revolución.

Anque la revolución termine por ser para
todas las buenas personas.

Old Communists and Guerillas

There have been good people in the country
willing to die for the revolution.

But everywhere the revolution needs people
not only willing to die
but also willing to kill for it.

Of such good people Che said:
"They are capable of dying in torture chambers
without uttering a word
but are incapable of taking
a machine gun nest by storm."

And it's known that the class enemy
uses not only torture chambers
to defend exploitation
but machine gun nests as well
and many more things like that.

In short:
only those willing to die and to kill
will end up being good people
for the revolution.

Because it will be because of them that revolution will happen

Though the revolution will end up being for
all good people.

Epigrama en imitación de Marcial

Has fustigado, Oh Shafo, en el Foro,
de tus hermanos menores el fervor excesivo,
la falta de experiencia de su juventud, la peligrosa
discrepancia que resquebrajaba la piedra familiar.

Has fustigado, Cónsul, su temeridad
y el riesgo de sus vidas apelaste de inútil.

Pero nada has odiado tanto como su propia sabiduría,
como su edad de la razón.

Epigram in Imitation of Marcial

You have rebuked, Oh Shafo, in the forum,
the excessive fervor of your younger brothers,
the total inexperience of their youth, the dangerous
dissent that split the cornerstone.

You have rebuked, Consul, their recklessness
and the risk of their lives you denounced as useless.

But nothing have you despised so much as their very wisdom,
their age of reason.

Consejo que ya no es necesario en ninguna parte del mundo pero que en El Salvador . . .

No olvides nunca
que los menos fascistas
de entre los fascistas
también son
fascistas.

Advice That Is No Longer Necessary Anywhere in the World but Here in El Salvador . . .

Don't ever forget
that the least fascist
among fascists
also are
fascists.

Cantos para civiles

Los siguientes poemas son respuestas, en la voz de un gorila, no al hermoso y
justo poema de Nicolás Guillén, sino aquellos que lo usan para comunicaciones
imposibles, por sobre las enseñanzas de la realidad, madre y maestra de la poesía,
trazadora de su eficacia y sus limitaciones.

I

"Si no sabes por qué pienso yo
oh civil que me odias tú
no voy a ser precisamente yo
quien para sacarte de la ignorancia
(o de una falta de percepción
que ganaría el campeonato mundial)
me ponga a confesar
tantos y tantos de mis crímenes
que (palabra de honor) yo daba por conocidos".

II

"Y como dices que tú y yo
somos la misma cosa
yo te digo que está bien que lo digas tú
siempre y cuando no se te suban los humos a la cabeza
siempre y cuando te quedes allí donde te corresponde
sosiego sosiego y sin pispilear.

Songs for Civilians

"I don't know, soldier,
why you think I hate you,
If we're the same,
you and I."
—NICOLÁS GUILLÉN

The following poems are answers, in the voice of a goon, not to the beautiful and apt poem of Nicolás Guillén, but to those who use it for impossible communications, over and above the standards of reality, mother and mistress of poetry, contriver of its efficacy and limitations.

I

"If you don't know, Civilian,
why I think you hate me
I'm not going to be the one who,
to draw you out of ignorance,
(or a lack of perception
that would win the world championship)
starts confessing
so very many of my crimes
that (word of honor) I assumed were known."

II

"And as you say you and I
are the same
I say it's good you said that
as long as it doesn't go to your head
as long as you stay where you belong
calm calm and without winking.

83

Pues aunque tú digas que somos iguales
deberás recordar que habemos
algunos hombres que somos más iguales que los demás
y que tenemos tamaños y suficientes fusiles
para amolar a los que quieran andar de igualados
igualando su igualdad de mierda
con la gran igualdad de los que somos
más iguales que nadie".

III y IV
(Variantes)

¿Que tú y yo, civil, somos la misma cosa?
¡Ahora mismo vas a pagar caro este insulto!

¿Que no sabes por qué yo pienso que tú me odias?
¿No lo sabes o no quieres decirlo?
¡Ahora mismo te voy a refrescar la memoria
con la picana eléctrica en los testículos!

Even though you say we're equal
you should remember there are
some men more equal than others
and that we have size and guns enough
to give hell to those who want to walk as equals
equaling their equality of shit
with the great equality of us who are
more equal than anyone."

III and IV
(Variants)

You and I are the same, Civilian?
You're gonna pay dearly for that insult right now!

You don't know why I think you hate me?
Don't know or don't want to say?
Right now I'll refresh your memory
with this electric prod to your testicles!

Lógica revi

"Una crítica a la Unión Soviética
sólo la puede hacer un antisoviético.

Una crítica a China
sólo la puede hacer un antichino.

Una crítica al Partido Comunista Salvadoreño
sólo la puede hacer un agente de la CIA.

Una autocrítica equivale al suicidio".

Revi(sionist) Logic

"A criticism of the Soviet Union
can only be made by an anti-Soviet.

A criticism of China
can only be made by an anti-Chinese.

A criticism of the Communist Party of El Salvador
can only be made by a CIA agent.

A self-criticism is equal to suicide."

Entre el puñal y el machete

Los ladrones (asaltantes nocturnos) de San Salvador
son con respecto a los serenos (vigilantes nocturnos)
de San Salvador
lo que los tlaxcaltecas fueron
con respecto a los jinetes e infantes españoles
en tiempos de la conquista del territorio pipil:
hombres movidos por la misma causa y por la misma moral
pero que aún no se habían ganado el uniforme
en la única forma en que se ganan esos uniformes:
por suficientes méritos en la lucha contra el pueblo pipil.

Between Dagger and Machete

Robbers (nocturnal attackers) of San Salvador
with respect to night-watchmen (nocturnal vigilantes)
of El Salvador
are what the Tlaxcaltecas* were
with respect to Spanish horsemen and nobles
in the time of the conquest of the Pipil** territory:
men moved by the same cause and morality
but who still hadn't earned their uniform
in the one way those uniforms are earned:
by sufficient merits in the struggle against the Pipil people.

---

* Tlaxcaltecas: native nation that inhabited a region close to modern Mexico City.
** Pipiles: the native people that inhabited El Salvador at the time of the arrival of the Spanish conquerors.

Y los sueños, sueños son . . .

(1932)

SOCORRO ROJO INTERNACIONAL
SECCIÓN DE EL SALVADOR
COMITÉ EJECUTIVO NACIONAL

(Confidencial y Urgente)

Camarada:

Esperamos que a la hora definitiva no se desanime ni lleve desaliento a las masas. Debe estar convencido de que los Estados Unidos mirarán con buenos ojos la insurreción y la atribuirán a una reacción del araujismo y en consecuencia nos reconocerán inmediatamente una beligerancia que de momento nos es indispensable, mientras tomamos las riendas del poder, que es nuestro objetivo, y después, ya con las armas en la mano y con la ayuda de los camaradas de toda América y en especial la de los camaradas de Estados Unidos, podremos enfrentar cualquier situación desesperada. La lucha es de vida o muerte.

Por las víctimas de la reacción y del imperialismo.
Por el Comité Ejecutivo Nacional.
Ismael Hernández, secretario general.

And Dreams, Are Just Dreams . . .

(1932)

I

INTERNATIONAL RED AID
EL SALVADOR SECTION
NATIONAL EXECUTIVE COMMITTEE

(Confidential and Urgent)

Comrade:

We hope at this definitive hour that you do not become dispirited nor bring discouragement to the masses. You should be assured that the United States will look at the insurrection with benign eyes and attribute it to a reaction to Araujismo and consequently they'll immediately recognize us as a belligerent force (which is indispensable to us at this time) while we seize the reins of power, as is our objective, and then, with weapons in our hands and with the help of comrades from all of America—and especially those of the United States—we'll be able to confront any desperate situation. The struggle is one of life and death.

By the victims of reaction and imperialism.
By the National Executive Committee.
Ismael Hernández, secretary general.

II
EL COMITÉ CENTRAL COMO CENTINELA

(Música de fondo: la Banda de Guerra de la Guardia Nacional toca marchas nazis en la Avenida Independencia, a la cabeza de un batallón de paracaidistas que marchan a paso de ganso: chas-chas-chas. En la tribuna presidencial, los representantes de los capitales bancarios e industriales que han terminado por fundirse en el corazón de la economía nacional, corean las melodías con mano derecha sobre el pecho. La lectura de la denuncia del PCS se sobreimpone, pero no borra en ningún momento la música, el sonido de las botas sobre el asfalto, ni el coral financiero).

"Denunciamos
que el gobierno pretende
dar los primeros pasos
en la preparación previa
de lo que podría llegar a ser
si las circunstancias no lo impiden
el inicio
de la apertura
que nos podría llevar al umbral
inaugural
de un posible
aunque no del todo definido
peldaño germinal
sobre el que
de concurrir todos los elementos
y requisitos necesarios
se construiría
aunque no de manera fatal
la tentativa

II
THE CENTRAL COMMITTEE AS SENTINEL

(Background music: the military Band of the National Guard plays Nazi marches on Independence Avenue, at the head of a battalion of parachutists marching in goose step-chas-chas-chas. On the presidential rostrum the representatives of industrial and finance capital, who have ended up converging at the heart of the national economy, sing the melodies with their right hand on their chest. The reader of the denunciation of the Salvadoran Communist Party comes on, but at no point does his voice erase the music, the sound of the boots on the asphalt or the financial chorale.)

"We denounce
that the government is seeking
to take the first steps
of preliminary preparation
of what could become
if circumstances do not block it
the beginning of an opening
that could lead us to the inaugural
threshold
of a possible
though not yet completely defined
germinal step
on which
if all the elements
and necessary requisites converge
would be constructed
though not in a final fashion
the nascent
but nevertheless definite

naciente
y sin embargo conjurable
de una *escalada*
eventual pero no seguramente
(y en todo caso sujeta
a las tradiciones nacionales)
más o menos
fascista."

III
(1974)

"Durante el coloniaje español
el bálsamo salvadoreño de la costa de Sonsonate
(que dicen no se produce en ninguna
otra parte del mundo)
era llamado 'Bálsamo del Perú'
para engañar a los piratas ingleses y franceses
y lograr que no asaltaran los barcos inermes
que lo llevaban de Acajutla al Callao
de donde salían ya para España
bajo custodia de una flota invencible.

¿Quién se atreverá a negar con tal antecedente
que es totalmente posible hoy
bajo el coloniaje norteamericano
que nuestros coroneles y generates
nos hagan una revolución socialista salvadoreña
y que entre ellos y nosotros
engañemos a todos los piratas imperialistas
diciéndoles que no se trata de otra cosa
que de una revolución como la del Perú?

attempt
at an eventual but uncertain
escalation
(and in any case subject
to national traditions)
more or less
fascist."

III
(1974)

"During the Spanish colonial period
Salvadoran balsam from the Sonsonate coast
(which was said to be found in no
other part of the world)
was called 'Balsam of Peru'
to fool English and French pirates
and see that they didn't assault defenseless ships
that carried it from Acajutla to Callao
from where they left for Spain
under the custody of an invincible fleet.

Who will dare deny, with such a precedent,
that it is totally possible today
under North American colonialism
for our colonels and generals
to make a Salvadoran socialist revolution for us
and that between them and us
we'll fool all the imperialist pirates
telling them it's nothing more
than a revolution like Peru's?

¿No sería incluso posible
que los imperialistas nos enviaran
la protección de su flota?".

Wouldn't it even be possible
for the imperialists to send us
the protection of their fleet?"

Parábola a partir de la vulcanología revisionista

El volcán de Izalco,
como volcán,
era ultraizquierdista.

Echaba lava y piedras por la boca
y hacía ruido y hacía temblar,
atentando contra la paz y la tranquilidad.

Hoy es un buen volcán civilizado
que coexistirá pacíficamente
con el Hotel de Montaña del Cerro Verde
y al cual podremos ponerle en el hocico
fuegos artificiales como los que echan
los diputados populares.

Volcán para ejecutivos
y hasta para revolucionarios y sindicalistas
que saben quedarse en su lugar y no son calenturientos,
ya no será el símbolo de los locos tonantes guerrilleristas
que son los únicos que añoran sus exabruptos geológicos.

Proletarios respetables y mansos del mundo,
el Comité Central os invita
a aprender la lección que da el volcán de Izalco:
el fuego ha pasado de moda,
¿Por qué habremos entonces de querer llevarlo nosotros
dentro del corazón?

Parable Beginning with Revisionist Vulcanology

The volcano of Izalco
as a volcano
was ultra-left.

It flung lava and rocks out of its mouth
and made noise and shuddering,
committing crimes against peace and tranquility.

Today it's a fine civilized volcano
that will coexist peacefully
with the Hotel de Montaña del Cerro Verde,
and into whose snout we'll be able to put
fireworks like those
that popular deputies set off.

A volcano for executives
and even for revolutionaries and sindicalists
who know how to keep their place and aren't hot heads
now it will no longer be the symbol for the crazy thundering guerrillas
who are the only ones who long for its explosive geologies.

Gentle and respectable proletarians of the world,
the Central Committee invites you
to learn the lesson the volcano of Izalco gives:
If the fire has gone out of fashion,
why then should we want to carry it
in our heart?

Ultraizquierdistas

Los pipiles
que no comprendieron la cruz y la cultura más adelantada
y no quisieron agachar la cabeza frente a la Corona de España
y se alzaron en la sierra
con las armas en la mano
contra el conquistador.

Los que durante los 300 años de la Colonia
mantuvieron la llama de la rebelión indígena
y murieron cazados en el monte o en el garrote vil o en la horca
y se negaron a coexistir pacíficamente con el Encomendero
en el seno de las encomiendas y los repartimientos.

Pedro Pablo Castillo y los comuneros de 1814
que expropiaron los fusiles a las autoridades militares de San
Salvador
y los apuntaron contra los opresores del pueblo.

En cambio
Matías Delgado y los próceres terratenientes de 1821
no fueron ultraizquierdistas
(porque hicieron la Independencia por la vía pacífica
aunque la Independencia fuera más que todo para ellos
y los pobres centroamericanos siguieran allá abajo
explotados, humillados, hambreados, engañados y dependientes.

Ultraleftists

The Pipiles
who didn't understand the cross and more advanced culture
and didn't want to bow down before the Crown of Spain
and rose up in the mountains
with weapons in their hands
against the conquistador.

Those who nourished the flame
of native rebellion for 300 colonial years
and died hunted in the mountains or by the
vile garrot or on the gallows
and refused to peaceably coexist with the feudal lord
in the bosom of estates and land allotments.

Pedro Pablo Castillo and the communards of 1814
who expropriated guns from the San Salvador military authorities
and aimed them at the oppressors of the people.

On the other hand
Matías Delgado and the illustrious landowners of 1821
were not ultraleftists
(because they won independence by peaceful means
although the Independence was most of all for themselves
and the poor Central Americans remained down below
exploited, humiliated, starved, deceived and dependent.

Anastasio Aquino sí lo fue
porque con lanzas de huiscoyol y cañones de palo
sublevó a los nonualcos contra el gobierno central
(no tomó el poder porque no supo que había ganado la guerra
después de haber inventado la emboscada
y haber legislado como un marxista de este lado del Lempa
y haber expropiado a los ricos de San Vicente
que habían escondido su oro bajo las enaguas de San José.)

Don Chico Morazán también lo fue
y lo fue a nivel centroamericano.

Gerardo Barrios
por poco no entra en la colada
si no es que se le ocurre agarrar viaje al frente de las tropas
para ir a Nicaragua
a echar plomo contra los filibusteros gringos de Walker.

De ahí hubo un largo período
en que los revolucionarios salvadoreños
dejaron de ser ultraizquierdistas
y se volvieron tan decentes como burgueses
el ultraizquierdismo desapareció
ante el empuje del conservadurismo burgués
del liberalismo burgués y la Constitución burguesa
de la expropiación burguesa de la tierra común
de la entronización del Dios burgués del café
más omnipotente en lo referido a la República,
que su símbolo de palo y colochos
llamado ni más ni menos que Salvador del Mundo.

Anastasio Aquino was
because with huiscoyol* lances and cannons of wood
he incited the Nonualcos** against the central government
(he didn't seize power because he didn't know he'd won the war
after having invented the ambush
and legislated like a Marxist on this side of the Lempa Rive
and expropriated everything from the San Vicente rich
who'd hidden their gold under the petticoats of Saint Joseph.)

Don Chico Morazán also was
and at the Central American level at that.

Gerardo Barrios
almost didn't make it
had it not occurred to him to lead the troops
into Nicaragua
and fire lead at Walker's gringo filibusterers.

From that point there was a long period
when Salvadoran revolutionaries
quit being ultraleftists
and became as decent as the bourgeoisie
ultraleftism vanished
before bourgeois conservatism's pressures
along with bourgeois liberalism and the bourgeois constitution
the bourgeois expropriation of the common land
the enthronement of the bourgeois God Coffee
more omnipotent with respect to the Republic

---

* Huiscoyol: tropical miniature coconut-like shrub, the solid and straight
stems of which are used for a variety of purposes.
**Nonualcos: native people who inhabit central El Salvador.

Todo iba muy bien
hasta que se apareció ese ultraizquierdista llamado Farabundo Martí
que encabezó un ultraizquierdista Partido Comunista Salvadoreño
en el que militaban un montón de ultraizquierdistas
entre otros Feliciano Ama Timoteo Lúe Chico Sánchez
Vicente Tadeo Alfonso Zapata y Mario Luna.

No pudieron ser ultraizquierdistas hasta el final
porque no tenían con qué
y fueron asesinados en número de treinta mil.

En 1944 hubo otra epidémia de ultraizquierdismo
cuando hasta los militates se contagiaron y se alzaron el 2 de abril
contra el tirano Martínez
con el asentimiento ultraizquierdista de todo el pueblo.

Una huelga nacional ultraizquierdista
terminó con el régimen asesino
en lo que este se dedicaba a fusilar
a los ultraizquierdistas del 2 de abril.

Uno de ellos fue tan ultraizquierdista y tan poco conciliador
que con un ojo de menos y con los testículos y los huesos machacados
le dijo al cura que lo fue a confesar
que no le flaqueaba el espíritu sino tan sólo el cuerpo.
Víctor Manuel Marín era su nombre.

Ese año hubo además otros dos casos notables
de ultraizquierdismo salvadoreño
uno fue cuando 200 jóvenes armados
entraron por el lado de Ahuachapán provenientes de Guatemala

than its symbol of wood and curls
called nothing less than Savior of the World.

Everything went along very well
until that ultraleftist Farabundo Martí appeared
leading an ultraleftist Salvadoran Communist Party
which had a bunch of militant ultraleftists,
including Feliciano Ama Timoteo Lúe Chico Sánchez
Vicente Tadeo Alfonso Zapata and Mario Luna, among others.

They weren't able to be ultraleftists to the end
because they didn't have the wherewithal
and 30,000 of them were assassinated.

In 1944 there was another epidemic of ultraleftism
when even the military was infected and rose up on April 2nd
against the tyrant Martínez
with the ultraleftist assent of all the people.

A national ultraleftist strike
ended with the assassin regime
dedicated to gunning down
the April 2nd ultraleftists.

One of them was so ultraleftist and uncompromising
that even with one eye gone and crushed bones and testicles
he told the priest who came to hear his confession
that his spirit hadn't failed him, merely his body,
Víctor Manuel Marín was his name.

para tratar de derrocar a Osmín Aguirre
y otro fue cuando el ultraizquierdista Paco Chávez Galeano
se batió a tiros con la policía en el Parque de San Miguelito.

Como la cosa estaba agarrando color de hormiga
los ricos desempolvaron la mejor de las armas
contra el ultraizquierdismo
o sea las elecciones
las elecciones para coexistir en las urnas
donde todos los salvadoreños fueran iguales
o sea donde todos fueran igualmente engañados
con música de fondo de democracia y paz.

Con elecciones y uno que otro golpe de Estado
el ultraizquierdismo fue reducido a la mínima expresión a
pesar de que Castaneda Castro hubo de darle metralla
cada vez que le pareció prudente
y Osorio persecuciones muerte cárceles
(aunque hay que aceptar que hubo ultraizquierdistas
que comprendieron a tiempo las ventajas de coexistir
mediante contundentes argumentos escriturados en cheques
Embajadas Ministerios premios de la lotería becas
casas en la Colonia Centroamérica mujeres guaro.)

Pero ya bajo Lemus estaba aquí otra vez
el ultraizquierdismo más necio que una mula
armando la tremolina
y mostrando ultraizquierdistamente
el hambre y la desesperación que inundaban el país
(cada vez que bajan los precios del café
como que todo el mundo se vuelve ultraizquierdista)

There were two more notable cases of Salvadoran
ultraleftism that year
one was when 200 armed young men
entered through Ahuachapán coming from Guatemala
attempting to overthrow Osmín Aguirre
and the other was when the ultraleftist Paco Chávez Galeano
traded shots with police in San Miguelito Park.

As the situation was getting black as ants
the rich dusted off the best of weapons
against ultraleftism
that is, elections,
elections so as to coexist in the ballot boxes
where all Salvadorans would be equal
that is, where all would be equally deceived
with background music of democracy and peace.

With elections and an occasional coup
ultraleftism was reduced to a minimum expression
in spite of which Castaneda Castro had to use machine guns
each time it seemed prudent to him
and Osorio, persecutions death prisons
(though it's important to understand there were ultraleftists
who understood the advantages of coexisting
by means of persuasive arguments written on checks,
Embassy posts, Ministry posts, lottery prizes, fellowships,
houses in the Colonia Centroamerica women booze.)

But now under Lemus it was here again
ultraleftism more stubborn than a mule
stirring up trouble

hubo manifestaciones ultraizquierdistas y tiros ultraizquierdistas
y bombas ultraizquierdistas y muertos ultraizquierdistas
y además por todas partes cundía el ultraizquierdista ejemplo
de Cuba y de Fidel.

Total que Lemus se vino al suelo
y subió una Junta de Gobierno
que hablaba de ultraizquierdismo pero hasta ahí nomás
y no tenía nada en las manos
para pensar siquiera en ser ultraizquierdista de verdad.

Mientras la Junta hablaba
y el pueblo de nuevo ultraizquierdista pedía armas
la Alianza para el Progreso tomó el poder.

Otra vez había habido un susto grande
y hubo de reforzarse el sistema electoral coexistente
la oposición de su Majestad
las frases reformistas y democratizantes
y se declaró terminada
la era de la explotación del hombre por el hombre.

Pero de un día para el otro
todo el movimiento obrero organizado de El Salvador
amaneció ultraizquierdista
y organizó una huelga que arrodilló al gobierno de Rivera.

Para colmo de males los maestros se volvieron ultraizquierdistas

and ultraleftistly showing
the hunger and desperation inundating the country
(each time coffee prices fall
it's as if all the world's going ultraleftist)
there were ultraleftist demonstrations and ultraleftist shots
and ultraleftist bombs and ultraleftist deaths
and what's more the ultraleftist example of Cuba and Fidel
pervaded everything.

Finally Lemus was toppled
and a government Junta arose
that talked of ultraleftism but that's about all
having nothing in its hand
with which to even imagine they were really ultraleftist.

While the Junta blabbed on
(and the people once more ultraleftists begged for arms)
the Alliance for Progress took power.

Once more there'd been a big scare
and it was necessary to reinforce the coexistent electoral system
the opposition to His Majesty
the reformist and democratizing phrases
and the era of exploitation of man by man was declared ended.

But from one day to the next
the whole workers movement organized in El Salvador
woke up ultraleftist
and organized a strike that brought the government of Rivera to
                                                                    its knees.

y algunos curas también
y hasta algunos opositores
propiedad hasta entonces del Gobierno.

En vista de lo cual el nuevo gobierno
(presidido por un enano ladrón de apellidos Sánchez y Hernández)
dio dos serios pasos
que son ejemplares para la lucha contra el ultraizquierdismo.

En primer lugar lanzó al pueblo
a que se quitara la calentura peleando contra Honduras.

En segundo lugar apeló
a la organización que se suponía era el corazón de la ultraizquierda
para que se subordinara al Gobierno de esa gran cruzada nacional.

El PC se partió en dos ante la situación
la mayoría que aceptó dejar de ser ultraizquierdista
se quedó con el nombre
la minoría que decidió seguir siendo ultraizquierdista
se salió de la carpa encabezada por un panadero
llamado Salvador Cayetano Carpio.

Después surgieron dos organizaciones
ultraizquierdistas
las Fuerzas Populares de Liberación "Farabundo Martí"
y el Ejército Revolucionario del Pueblo "ERP"
con el propósito de que en adelante
los verdaderos ultraizquierdistas salvadoreños
tengan con qué carajos ser ultraizquierdistas hasta el final
o sea hasta tomar el poder

To make matters worse the teachers became ultraleftists

as well as some priests
and even some of the opposition
the property up till then of the Government.

In view of which the new government
(presided over by a robber dwarf with the surnames Sánchez
                                                    and Hernández)
took two serious steps
that are exemplary for the struggle against ultraleftism.

In the first place he launched the people
into letting off steam fighting Honduras.

In the second place he appealed to the organization
supposed to be the heart of the ultraleft
to subordinate itself to the government in
this great national crusade.

The CP split in two in the face of the situation
the majority who accepted ceased to be ultraleftists
while keeping the name,
the minority who decided to continue being ultraleftists
left the tent led by a baker
named Salvador Cayetano Carpio.

Afterward two ultraleftist organizations rose up
the Popular Forces of Liberation—"Farabundo Marti"—
and the Revolutionary Army of the People—"ERP"—

tan ultraizquierdistamente como sea necesario en este país
dominado por la ultraderecha.

O sea que se trata de ser ultraizquierdistas eficaces
y no sólo ejemplares ultraizquierdistas derrotados
como los pipiles y Pedro Pablo Castillo y Anastasio Aquino
y Gerardo Barrios que terminó fusilado por los Dueñas
y los muertos del 32 y los invasores de Ahuachapán
y Paco Chávez y el montón de caídos del pueblo
bajo Castaneda Osorio Lemus El Directorio Julión Rivera
Sánchez Hernández y el bandido actual.

En un país como el nuestro
donde todo está cerca y concentrado
donde el amontonamiento histórico es tan denso
el ultraizquierdismo quo no se quede en palabras
y tenga con qué ser ultraizquierdista en los hechos
irá siempre más hondo
calando en el corazón popular
que sigue estando en la ultraizquierda del pecho.

with the intention that in the future
the authentic Salvadoran ultraleftists
would have what they damn well need, to be ultraleftists to the end
that is, until the seizure of power
as ultraleftistly as necessary in this country
dominated by the ultraright.

That is, it's a question of being effective ultraleftists
and not just exemplary defeated ultraleftists
like the Pipiles and Pedro Castillo and Anastasio Aquino
and Gerardo Barrios who ended up executed by the Dueñas
and the dead of '32 and the invaders of Ahuachapán
and Paco Chávez and the heaps of people fallen
under Castaneda Osorio Lemus Director Julión Rivera
Sánchez Hernández and the current bandit.

In a land like ours
where everything's at hand and concentrated
where the historical accumulation is so dense,
ultraleftism that doesn't stop at words
and has the wherewithal to be ultraleftist in deeds
will always go deeper
penetrating the popular heart
that still beats on in the ultraleft of the chest.

LUIS LUNA*

POEMAS PARA VIVIR
PENSÁNDOLO BIEN

---

* **Luis Luna**: estudió arquitectura y posteriormente sociología. Ha publicado poemas en revistas estudiantiles e independientes de Venezuela, Perú y Estados Unidos. Escribe también cuentos y ensayos políticos y literarios. Terminó un ensayo sobre la nueva narrativa latinoamericana posterior al boom. Nació en Sonsonate en 1947.

LUIS LUNA*

POEMS TO LIVE THINKING
CAREFULLY ABOUT

* **Luis Luna**: studied architecture and later, sociology. Has published poems in student and independent journals in Venezuela, Peru and the United States. Also writes stories and essays, both political and literary. Finished an essay on the new Latin American narrative subsequent to the boom (of that genre). Born in Sonsonate in 1947.

Cartita

Queridos filósofos,
queridos sociólogos progresistas,
queridos sicólogos sociales:
no jodan tanto con la *enajenación*
aquí donde lo más jodido
es la *nación ajena*.

Little Letter

Dear philosophers,
dear progressive sociologists,
dear social psychologists,
don't fuck around with *alienation*
when here the most fucked up
is the *other nation.*

La jauría

Fray Ricardo Fuentes Castellanos
Nando
Dr. Salvador G. Aguilar
Monseñor Francisco Castro y Ramírez
René Barón Ferrufino
Dr. José Luis Salcedo Gallegos
Dr. Sidney Mazzini
Serafín Quiteño
Dr. Ricardo Joaquín Peralta
Lic. Anita Ramos
y demás paranóicos
homosexuales
cornudos
sádico-masoquistas
halitosos
pícaros puros y simples
dipsómanos
o tataratas a su favor:
los necesarios corifeos de fondo
los de segunda fila
los que necesitan aullar más
los chacales furiosos
acechando salivosamente
todo progreso

The Pack of Hounds

Bros. Ricardo Fuentes Castellanos
Nando
Dr. Salvador G. Aguilar
Monsignor Francisco Castro y Ramírez
René Barón Ferrufino
Dr. José Luis Salcedo Gallegos
Dr. Sidney Mazzini
Serafín Quiteño
Dr. Ricardo Joaquín Peralta
Anita Ramos, B.A.
and other paranoids
homosexuals
cuckolds
sado-masochists
bad-breaths
pure and simple hustlers
dipsomaniacs
or old biddies in their favor;
the necessary background chorus
those of second rank
those who need to yelp more
furious jackals
salivatingly lying in ambush
for all progress

Dos poemas sobre buses urbanos

I

No existe la opinión pública:
existe la opinión de clase.

La augusta dama de la clase media
con los ojos en blanco pone el grito en el cielo:
"¿Cómo no va a hundirse —dice— un país
cuyos hombres permanecen sentados en las camionetas
y no ofrecen su asiento a las señoras decentes?"

Un estudiante de Humanidades se explica a media voz:
"no es que yo tenga la última palabra en el asunto
(desde un punto de vista mínimamente objetivo)
pero las camionetas en El Salvador
son un factor importante
en la elevación del índice nacional de claustrófobos".

El Doctor Odontólogo Abogado Profesional se consuela
pensando en que lo mejor de los buses
está en la comprobación que hacemos
cuando montamos en ellos por una necesidad casual
(y nunca repetible en el mismo año)
de lo lúcidos que fuimos cuando compramos el Ford Maverick.

¿Y qué dice al respecto el militante comunista
(que ha cedido velozmente su asiento a la señora
que patetizó al principio de este poema)?

Two Poems on Urban Buses

I

Public opinion doesn't count:
class opinion is what counts.

The august dame of the middle class
shouts to the heavens with blank eyes,
"How can a country not collapse—she says—
when its men remain seated
and don't give their seats to decent women?"

A Humanities student expounds in a whisper,
"Not that I've the last word on the subject
(coming from a slightly objective point of view)
but the micro-buses in El Salvador
are an important factor
in the elevation of the national index of claustrophobics."

The Dentist the Professional Lawyer console themselves
thinking that the good thing about buses
is the verification we make
on boarding them for a casual necessity
(never repeated in the same year)
of how bright we were when we bought a Ford Maverick.

And what says the militant communist
(who's quickly given up his seat to the woman
who complained at the beginning of this poem)?

Dice: "con sólo construir un tren subterráneo
igualitito al de Moscú
se arreglarán todos los problemas del transporte urbano
en San Salvador como en todo lugar".

Don Francisco de Sola desde la amplia ventana
donde todo autobús se mira muy cerca del horizonte
dicta a su secretaria en el sentido de que no tiene opinión
alguna sobre el problema que se perfila en este poema
y nos invita a comprender que en el fondo
toda opinión suya muy fácilmente toma el carácter de una inversión
y ya se sabe el cuidado que todos debemos tener en materia de
finanzas.

El obrero friolento que hace su largo tirón cotidiano
hacia la fábrica japonesa Industrias Unidas S.A., llamada IUSA,
piensa que lo principal dentro de todo lo que se relaciona
con el bus concreto en que viaja
es el hecho de que esta semana aumentó el valor del pasaje
de diez centavos a quince centavos.

PROBLEMATIZACIÓN DE LA MATERIA FÁCTICA DEL POEMA
ANTERIOR: a Quién, entre los personajes de dicho poema, le
sirvirán (en el sentido de otorgarle mayor eficacia social-vital) los
siguientes elementos:

a) el dato de que el autobús en referencia es propiedad de un
monopolio norteamericano que usa como "propietario nacional" u
"hombre de paja" al coronel Mario Guerrero.

He declares: "By simply constructing a subway
like the one in Moscow
all problems of urban transport in El Salvador,
like anywhere else, will be resolved."

Don Francisco de Sola from his spacious window
where all the buses can be seen on the horizon
dictates to his secretary with a sense of remaining neutral
something on the problem outlined in this poem
and invites us to understand that in the end
his every opinion very easily assumes the character of an
                                                    investment
and we all know the care we must devote to financial matters.

The cold worker who makes his long daily haul
toward the Japanese factory United Industries Inc., called IUSA
thinks that the principle within which everything is related
to the specific bus he's riding
is the fact that this week the fare was raised
from ten to fifteen cents.

PROBLEM OF THE FACTUAL MATERIAL OF THE FOREGOING
POEM: to whom, among the persons of said poem, the following
elements (in the sense of granting maximum socially-active
efficacy) will serve:

a) the fact that the bus in question is the property of a North
American monopoly that uses Colonel Mario Guerrero as
"National owner" or "straw-man."

b) la consigna: "Organización, para luchar por los problemas fundamentales del pueblo."

c) el conocimiento de que los buses son inflamables, sobre todo si se les ayuda con una mezcla de gasolina y aceite en el interior de una botella arrojadiza y dotada de una mecha de trapo encendida con oportunidad.

II
MARXISMO ELEMENTAL

Será idealista quien defina a un bus como un vehículo automotor dotado de asientos para transportar pasajeros.

Será materialista quien se niegue a definir al *bus en general* y aclare en su definición que todo depende de si se trata de un bus en el sistema capitalista o de un bus en el sistema socialista. Y de ahí pase a definir el bus en el sistema capitalista como un vehículo automotor dotado de asientos para transportar pasajeros, *que sirve para que el propietario obtenga beneficios económicos en forma de ganancias y a partir de la explotación de los usuarios y de los trabajadores que mantienen funcionando dicho bus.*

La prueba de que la definición del materialista es la correcta se da en la práctica, madre de la verdad: en el sistema capitalista, salvo alguna excepción que confirmaría la regla general, un bus que no produce ganancias a su propietario deja de transportar lo que transportaba en menos que canta un gallo.

Este ejemplo no sólo tiende a justificar la reacción popular contra los buses (incendios, asaltos, rupturas de asientos, etc.) que hemos

b) the slogan: "Organization, in order to struggle to solve fundamental problems of the people."

c) The understanding that buses are inflammable especially if helped by a mixture of gasoline and oil inside a thrown bottle endowed with a rag fuse lit for the occasion.

II
ELEMENTAL MARXISM

He is an idealist who defines a bus as an automotive vehicle endowed with seats for transporting passengers.

He is a materialist who refuses to define a *bus in general* and explains in his definition that everything depends on whether it's a question of a bus in a capitalist system or a bus in a socialist system. From there one comes to define the bus in the capitalist system as an automotive vehicle endowed with seats for transporting passengers, *which serves so that its owner will obtain economic benefits in the form of profits from the exploitation of the bus-users and workers who maintain the functioning of said bus.*

The proof that the definition of the materialist is correct is shown by practice, mother of truth: in the capitalist system, save some exceptions that confirm the general rule, a bus that doesn't produce profits for its owner stops carrying what it was carrying quicker than a rooster crows.

This example not only tends to justify popular reaction against buses (fires, assaults, ripped seats, etc.) seen in San Salvador and some cities in the interior of the country in recent days (and that such visto en San Salvador y algunas ciudades del interior del país en los últimos días (ya que tal reacción es moralmente válida aunque sea sólo porque al pueblo se le han definido los buses con la definición idealista, lo cual constituye una estafa), sino que asimismo atiende al carácter desnaturalizador que el capitalismo ejerce sobre las cosas y sus usos humanos.

reaction is morally valid although it is only because the people have defined buses by means of the idealist definition, which constitutes a swindle) but likewise attests to the denaturalizing effect that capitalism has on things and their human uses.

Sobre modernas ciencias aplicadas

La ecología es el eco
producido por el estruendo
con que el capitalismo destruye el mundo.

Pues, independientemente de lo que diga la Universidad,
la ecología más que una ciencia es
un discreto velo, un ungüento lubricante y,
en el mejor de los casos,
una aspirina científico-técnica.

De su validez y eficacia puede decirse
que mientras la destrucción capitalista
siga produciendo ganancias a los dueños del mundo
y sea más importante que la conservación ambiental,
la única posibilidad de ser importante
que tiene la ecología
es seguir siendo un negocio.

On Modern Applied Sciences

Ecology is the echo
produced by the noise
with which capitalism is destroying the world.

So, independent of what the University says,
ecology is more than a science is
a discreet veil, a lubricating ointment and,
in the best of cases,
a scientific-technical aspiring.

Of its validity and efficacy it can be said
that while capitalist destruction
continues producing profits for the owners of the world
and is more important than environmental conservation,
the only possibility ecology has
for being important
is to continue being a business.

El Salvador, país con corazón

Claro que un poco decapitado.

Y (según el gobierno de Molina
y la oligarquía)
sin estómago.

El Salvador, Country with a Heart

Clearly a little beheaded.

And (according to the Molina government
and the oligarchy)
without stomach.

Las nuevas escuelas

En la Grecia antigua
Aristóteles enseñaba filosofía a sus discípulos
mientras caminaban por un gran patio.

Por eso su escuela se llamaba "de los peripatéticos".

Los poetas combatientes
somos más peripatéticos que aquellos peripatéticos de Aristóteles
porque aprendemos la filosofía y la poesía del pueblo,
mientras caminamos
por las ciudades y las montañas de nuestro país.

The New Schools

In ancient Greece
Aristotle taught philosophy to his disciples
while they walked around a large courtyard.

For this reason his school was called "the peripatetic."

Fighting poets
are more peripatetic than those Aristotelian peripatetics
because we learn the philosophy and poetry of the people,
while traveling
through the cities and mountains of our land.

Las rimas en la historia nacional

Rimas salvadoreñas antes de 1972:

El que fue a Sevilla perdió su silla
hartáte un huevo con mantequilla
porque aquí viene don Pancho Villa
con sus dos putas a la orilla
me cojo a tu tía
simplemente María
chiquilla
mía.

Rimas salvadoreñas después de 1972:

El que fue a Sevilla perdió su silla
guerrilla, guerrilla, guerrilla
guerrilla, guerrilla, guerrilla, guerrilla
guerrilla, guerrilla, guerrilla, guerrilla, guerrilla.

Rhymes on National History

Salvadoran rhymes before 1972:

He lost his seat on the way to Sevilla
stuff an egg with butter to eat
because here comes Don Pancho Villa
with his two whores by his side
I picked up your auntie Maria.

Salvadoran rhymes after 1972:

He lost his seat on the way to Sevilla
guerrilla, guerrilla, guerrilla
guerrilla, guerrilla, guerrilla, guerrilla
guerrilla, guerrilla, guerrilla, guerrilla, guerrilla.

Sólo el inicio

Una mi amiga medio poetisa
definía así el lamento
de los intelectuales de la clase media:
"Soy prisionero de la burguesía:
no puedo salir de mí mismo".

Y el maishtro Bertolt Brecht,
comunista, dramaturgo y poeta alemán
(en ese orden) escribió:
"¿Qué es el asalto a un Banco
comparado con el crímen
de la fundación de un Banco?".

De lo cual yo concluyo
que si para salir de sí mismo
un intelectual de la clase media
asalta un Banco,
no habrá hecho hasta entonces
sino ganar cien años de perdón.

Only the Beginning

One of my somewhat poetic friends
defined the lament of
middle-class intellectuals thusly:
"I'm a prisoner of the bourgeoisie:
I can't get out of myself."

And teacher Bertolt Brecht,
communist, German playwright and poet
(in that order) wrote:
"What's a bank robbery
compared with the crime
of the establishment of a bank?"

From which I conclude
that if to get out of himself
a middle-class intellectual
robs a bank,
he'll have done something then
to earn a hundred years of pardon.

La certeza
(Sobre una idea de V. G.)

Después de cuatro horas de tortura, el Apache y los otros dos cuilios le echaron un balde de agua al reo para despertarlo y le dijeron: "Manda a decir el Coronel que te va a dar un chance de salvar la vida. Si adivinás quién de nosotros tiene un ojo de vidrio, te dejaremos de torturar". Después de pasear su mirada sobre los rostros de sus verdugos, el reo señaló a uno de ellos: "El suyo. Su ojo derecho es de vidrio".

Y los cuilios asombrados dijeron: "Te salvaste! pero ¿cómo has podido adivinarlo? Todos tus cheros fallaron, porque el ojo es americano, es decir, perfecto". "Muy sencillo —dijo el reo, sintiendo que le venía otra vez el desmayo— fue el único ojo que no me miró con odio".

Desde luego, lo siguieron torturando.

The Certainty
(On an idea of V.G.)

After four hours of torture, the Apache and the other two cops threw a bucket of water at the prisoner to wake him up and said: "The Colonel has ordered us to tell you you're to be given a chance to save your skin. If you guess which of us has a glass eye, you'll be spared torture." After passing his gaze over the faces of his executioners, the prisoner pointed to one of them: "His. His right eye is glass."

And the astonished cops said "You're saved! But how did you guess? All your buddies missed because the eye is American, that is, perfect." "Very simple," said the prisoner, feeling he was going to faint again, "it was the only eye that looked at me without hatred."

Of course they continued torturing him.

Hitler Mazzini: comparación entre Chile en 1974 y El Salvador en 1932

"No me extraña que calumnien
a la Honorable Junta Militar de Chile.

Los comunistas son así.

Dicen que en unos cuatro meses
los militares han matado
a más de ochenta mil chilenos.

Eso es una exageración
pues las pruebas concretas
dicen que los muertos no pasan
de unos cuarenta mil.

Así fue con lo de El Salvador en 1932.

Los comunistas dicen que el general Martínez
mató en menos de un mes
a más de treinta mil guanacos.

Eso es una exageración:
los muertos comprobados no pasaron de veinte mil.

Los demás
fueron considerados desaparecidos".

Hitler Mazzini: Comparison Between Chile in 1974 and El Salvador in 1932

"It doesn't surprise me that they slander
the Honorable Military Junta of Chile.

Communists are like that.

They say that in four months
the military killed
more than eighty thousand Chileans.

That's an exaggeration
since the real facts
are the dead didn't exceed
some forty thousand.

It was the same in El Salvador in 1932.

The communists say that General Martínez
killed more than thirty thousand guanacos*
in less than a month.

That's an exaggeration:
the verified dead didn't exceed twenty thousand.

The rest
were considered missing".

---

* Guanacos: nickname given to Salvadorans in Central America.

La violencia aquí

A José David Escobar Galindo,
"Perra de Hielo"

En El Salvador la violencia no será tan sólo
la partera de la Historia.

Será también la mamá del niño-pueblo,
para decirlo con una figura
apartada por completo de todo paternalismo.

Y como hay que ver la casa pobre
la clase de barrio marginal
donde ha nacido y vive el niño-pueblo
esta activa mamá deberá ser también
la lavandera de la Historia
la aplanchadora de la Historia
la que busca el pan nuestro de cada día
de la Historia
la fiera que defiende el nido de sus cachorros
y no sólo la barrendera de la Historia
sino también el Tren de Aseo de la Historia
y el chofer de bulldozer de la Historia.

Porque si no
el niño-pueblo seguirá chulón
apuñaleado por los ladrones más condecorados
ahogado por tanta basura y tanta mierda

The Violence Here

To José David Escobar Galindo,
"Bitch of Ice"

Violence will not only be the midwife
of History in El Salvador.

It will also be the mother of a child-people,
to say it in an image
totally separated from all paternalism.

And as you've got to see the poor house
the class of the marginal barrio
where the child-people were born and live
that active mother must also be
the laundress of History
the ironess of History
who goes looking for our bread every day
of History
the wild beast who defends her brood of whelps
not simply the dustwoman of History
but also the garbage truck of History
and the driver of the bulldozer of History.

Because if not
the child-people will continue naked
stabbed by the most decorated crooks
smothered by so much garbage and shit

en esta patria totalmente a orillas del Acelhuate
sin poder echar abajo el gran barrio-fuerteza cuzcatleco
sin poder aplanarle de una vez las cuestas y los baches
y dejar listo el espacio
para que vengan los albañiles y los carpinteros
a parar las nuevas casas.

in this land totally on the banks of the Acelhaute*
without being able to throw down the big barrio-fortress Cuzcatleco**
without being able to finally smooth the slopes and ruts
and leave enough space
for masons and carpenters to come
and ready the new houses.

---

* Acelhaute: creek that winds through San Salvador and the outskirts of
which are crowded with the poorest inhabitants of the city.
** Cuzcatleco: from Cuzcatlan, name given to their kingdom by the
native inhabitants of the valley where San Salvador was later built by
Spaniards. Term used to refer to Salvadorans.

Sobre el poema anterior

El "intolerable revisionismo de Marx"
no está en el poema anterior
sino en la cabeza de quienes no creen
que la violencia sea
la partera de la Historia
y mucho menos la mamá del niño-pueblo
sino por el contrario una cosa mala
que ciertos revoltosos del barrio
le quieren enseñar al cipote
sin pensar en los líos
que todo ésto nos va a traer con la Policía y la Guardia
que hasta van a echar al papá
del empleíto que tiene en el Gobierno
y se acabuche los frijolitos fáciles
y la tranquilidad

On the Previous Poem

The "intolerable Marxist revisionism"
isn't in the previous poem
but in the heads of those who don't believe
that violence is the midwife of History
let alone the mother of the child-people
but on the contrary an evil thing
that certain barrio rabblerousers
want to teach the kids
without thinking of the mess
all this is going to get us in with the cops and the Guard
and that they'll even throw daddy out
of his little government job
and that's all, folks, for easy beans
and tranquility

Proposición

La propiedad privada, efectivamente,
más que propiedad privada
es propiedad privadora.

Y la "libre empresa" tiene presa a la Patria.

Salvemos a la propiedad
y hagamos libre de verdad a la empresa
convirtiéndolas en propiedad y empresa de todos.

De todos los de la Patria.

Proposition

Private property, in effect,
more than private
is property that deprives.

And "free enterprise" holds the Nation hostage.

Let's save property
and make enterprise truly free
converting them into property and enterprise for all.

For all the Nation.

Reparto de cosa ajena en el mercado de los ladrones

Nos han dicho que el Poder Ejecutivo
es el Primer Poder
y que ese Poder Legislativo que se reparten
un grupo de sinvergüenzas fraccionado en "Gobierno" y "Oposición"
es el Segundo Poder
y que la prostituida (pero siempre Honorable)
Corte Suprema de Justicia
es el Tercer Poder.

La prensa y la radio y la TV de los ricos
se autonombran el Cuarto Poder y desde luego
marchan tomadas de la mano con los primeros tres poderes.

Ahora nos salen con que la juventud nuevaolera
es el Quinto Poder.

Y nos aseguran que por sobre todas las cosas y todos los poderes
está el Gran Poder de Dios.

"Ya están todos los poderes repartidos
—nos dicen a manera de conclusión—
no hay ya poder para nadie más
y si alguien opina lo contrario
para eso está el Ejército y la Guardia Nacional".

Moralejas:
1) El capitalismo es un gran mercado de poderes

Distribution of People's Property in the Thieves' Market

They've told us that the Executive Power
is the First Power
and that the Legislative Power, which was divided up by
a bunch of crooks, fractioned off into "government" and "opposition"
is the Second Power
and that the prostituted (but ever Honorable)
Supreme Court of Justice
is the Third Power.

The newspapers, radio, and TV of the rich
have designated themselves the Fourth Power and of course
march hand in hand with the first three powers.

Now they tell us that the new wave youth
is the Fifth Power.

And they assure us that above all things and powers
is the Great Power of God.

"Now that all the powers are apportioned
—they tell us in a manner of finality—
there's no power left for anyone else
and if anybody thinks differently
that's what the army and National Guard are for."

Morals:
1) Capitalism is a big market of powers

donde sólo comercian los ladrones
y es mortal hablar del verdadero dueño
del único poder: el pueblo.

2) Para que el verdadero dueño del Poder
tenga en sus manos lo que le pertenece
no deberá tan sólo echar a los ladrones del Templo Comercial
porque se reorganizarían en los alrededores:
por el contrario, deberá derribar
el mercado sobre las cabezas de los mercaderes.

where only thieves do business
and it's fatal to speak of the genuine owner
of the real power: the people.

2) In order that the genuine owner of power
has in his hands what belongs to him
it will be necessary not simply to boot the thieves
out of the Commercial Temple
because they'd reorganize in the suburbs;
on the contrary, the market has to be brought down
on the heads of the merchants.

Usted y el oro y lo que les espera

En el capitalismo se miente al decir:
"Cuídese, usted vale oro".
Porque en el capitalismo valen oro
solamente los dueños del oro.

En la construcción del socialismo
ya no se miente y se dice:
"Usted vale más que el oro, pero
hay que cuidar
el oro de la propiedad social,
las divisas son importantes".

Sólo en el comunismo se podrá decir:
"Usted vale lo que vale usted.
El oro no tiene que ver en nada con lo que vale usted.

El oro en el comunismo sólo vale
por el valor de uso que le den
todos los trabajadores y ciudadanos
por ejemplo en odontología
en decoración
o en adornos para el cuello
o las orejas de las muchachas".

You and Gold and What Awaits You

In capitalism it's a lie to say:
"Take care, you're worth your weight in gold."
Because in capitalism only the owners
of gold are worth their weight in gold.

In the construction of socialism
one no longer lies and it can be said:
"You're worth more than gold, but
it's necessary to take care of
the gold of social property,
Foreign exchange is important."

Only in communism can it be said:
"You're worth what you're worth.
Gold has nothing to do with what you're worth.

In communism gold only has value
through the use workers and citizens
give it,
for example in dentistry
in decoration
or in adorning the necks
or ears of girls."

Profecía sobre los profetas

A N. Viera Altamirano y herederos,
a la familia Dutriz, a la familia Pinto.

Puesto que la palabra debía ser
como la mujer en el momento del amor
como lo que verdaderamente entregamos
en el momento de la muerte
(cuando se ilustra una manera de ser que es fuente de vida
el restablecimiento de la pureza
la gran construcción del descubrimiento)
los profetas tendrán que colocarse aquí
para ser juzgados
cada uno
esperando su turno de pasar al espejo
para apelar ante el gran coro de víctimas.

Ay entonces del grito
que no se emitió para dolerse de los hermanos
sino para corromper sus oídos al tiempo
que se loaba a su enemigo
ay entonces de la frivolidad
con que se apoyó la vigencia del becerro de oro
ay entonces de las mariposerías
con que se puso cortapisas
a la identificación y al ajusticiamiento del hambre
ay del traslado del crimen hacia los hombros de los débiles
ay de las complicidades ay de las delaciones
ay de los servilismos
ay de los soplos al oído del verdugo

Prophecy on Prophets

To N. Viera Altamirano and heirs,
to the Dutriz family, to the Pinto family.

Since the word should be
like a woman at the moment of love
like what we truly surrender
at the moment of death
(when a way of being is revealed that is the fountain of life
the restoration of purity
the great construction of discovery)
prophets will have to put themselves here
to be judged
each one
waiting his turn to pass before the mirror
to appeal to the great chorus of victims.

Woe then to the cry
not emitted as pity for their brothers
but to corrupt their ears at the same time
as it bragged to their enemy
woe then to the frivolity
that supported the law of the golden calf
woe then to the inconsistencies that imposed conditions
on the identification and execution of hunger
woe to the transfer of crime to the shoulders of the weak
woe to the complicities woe to denunciations
woe to servility
woe to betrayals in the ear of the executioner
woe to indulgences
woe to lies from morning to night.

ay de las tolerancias
ay de las mentiras matutinas y vespertinas.

Porque toda esa miasma se derramó
sobre la inocencia del pueblo
sobre su blanco candor caído del cielo
de gran desalojado del paraíso
y no habrá rueda de molino suficientemente aplastante
para las cabezas de sus envenenadores
de quienes quemaron con perfume las pupilas de sus centinelas
de quienes rompieron sus tímpanos
con gritos de loras sobrevivientes de la experiencia de Jericó.

Ni de los vivos ni de los muertos
habrá perdón para ese uso de la palabra.

El inocente gigante justiciero
despertará de su ensordecimiento
abrirá sus profundos ojos anegados por los profetas
y los fulminará en sus propios asientos enraizados
a la derecha del Amo desenmascarado
para los siglos de los siglos
para nunca jamás.

Because all this miasma spilled out
on the innocence of the people
on their white sincerity fallen from heaven
in the great eviction from paradise
and there won't be a sufficiently crushing millstone
for the heads of their poisoners
of those who burned with perfume the pupils of their sentries
of those who broke their eardrums
with cries of parrots survivors of the experience of Jericho.

From neither the living nor the dead
will there be pardon for that use of the word.

The just and innocent giant
will awaken from his deafness
will open his deep eye flooded by the prophets
and will strike them from their own seats rooted
at the right hand of the Lord unmasked
for centuries upon centuries
for ever and ever.

Acta

En nombre de quienes lavan ropa ajena
(y expulsan de la blancura la mugre ajena)

En nombre de quienes cuidan hijos ajenos
(y venden su fuerza de trabajo
en forma de amor maternal y humillaciones)

En nombre de quienes habitan en vivienda ajena
(que ya no es vientre amable sino una tumba o cárcel)

En nombre de quienes comen mendrugos ajenos
(y aún los mastican con sentimiento de ladrón)

En nombre de quienes viven en un país ajeno
(las casas y las fábricas y los comercios
y las calles y las ciudades y los pueblos
y los ríos y los lagos y los volcanes y los montes
son siempre de otros
y por eso está allí la policía y la guardia
cuidándolos contra nosotros)

En nombre de quienes lo único que tienen
es hambre explotación enfermedades
sed de justicia y de agua
persecuciones condenas
soledad abandono opresión muerte

Act

In the name of those washing others' clothes
(and cleansing others' filth from the whiteness)

In the name of those caring for others' children
(and selling their labor power
in the form of maternal love and humiliations)

In the name of those living in another's house
(which isn't even a kind belly but a tomb or a jail)

In the name of those eating others' crumbs
(and chewing them still with the feeling of a thief)

In the name of those living on others' land
(the houses and factories and shops
streets cities and towns
rivers lakes volcanoes and mountains
always belong to others
and that's why the cops and the guards are there
guarding them against us)

In the name of those who have nothing but
hunger exploitation disease
a thirst for justice and water
persecutions and condemnations
loneliness abandonment oppression and death

Yo acuso a la propiedad privada
de privarnos de todo

I accuse private property
of depriving us of everything

Podría ser

Para los burgueses
la patria las leyes el honor y Dios
no tienen sentido sin
la propiedad privada y la "libre empresa".

Para los proletarios
la muerte de la propiedad privada
y de la "libre empresa"
daría sentido a la Patria las leyes el honor
y tal vez hasta a Dios.

It Could Be

For the bourgeoisie
country, laws, honor and God
have no meaning without
private property and "free enterprise."

For the proletarians
the death of private property
and "free enterprise"
would give meaning to country, laws, honor
and perhaps even to God.

En el futuro

Cuando nuestra sociedad sea
básicamente justa
o sea
socialista
en las conversaciones de las cervecerías
a la hora de las confesiones íntimas;
más de alguno dirá con la mirada baja
"yo tuve propiedad privada sobre medios de producción"
como cuando hoy decimos
"yo tuve sífilis"
"yo tuve tendencias aberradas en lo sexual".

In the Future

When our society is
basically just
that is
socialist
in the conversations in saloons
at the moment of intimate confession;
more than a few will say with down-cast eyes,
"I held private property based on the means of production"
like when they say today
"I had syphillis"
"I had tendencies toward sexual aberrations."

Encuentro con un viejo poeta

Ayer vine a toparme cara a cara
con el hombre que antes que nadie aplaudió mi poesía.

Él fue el responsable de que mis versos
encontraran el cauce de los periódicos y las editoriales
y de que se comenzara a hablar de ellos
en forma que parecía necesitar una iniciación.

Ayer vine a toparme cara a cara con él
muy cerca de los mercados pestíferos
(supongo que él dejaba su oficina e iba a casa).

Yo venía sonriendo para mí mismo
porque unos minutos antes todo había salido bien
y no hubo necesidad para nosotros
de usar las armas.

Él palideció bajo la luz roja de neón (una proeza)
y buscó la otra acera como quien repentinamente tiene sed.

Meeting with an Old Poet

Yesterday I happened to bump face-to-face into
the man who applauded my poetry before anyone else.

He was the one responsible for my verses
finding the channels of periodicals and publishers
through which they began to be spoken of
as something that deserved a start.

Yesterday I happened to bump into him face-to-face
very close to the noxious markets
(I guess he was leaving his office on the way home.)

I was coming along smiling to myself
because a few minutes before everything had gone well
and there was no need for us
to use weapons.

He turned pale under the red neon light (quite a feat)
and headed for the other side of the street like one who's
suddenly thirsty.

Pasa un camión

Leo en el costado de un camión que pasa
cargado a reeventar de soldados:
"Fuerza Armada de El Salvador".

Si es verdad que es fuerza
¿por qué necesita estar armada?

¿O es que su única fuerza
es la de estar armada?

¿O es que el término "armada"
es la adjetivación del verbo *armar* o *ensamblar*
que corrientemente usamos
al referirnos a las refrigeradras Westinghouse
a los televisores RCA
y a otros tantos aparatos
que los norteamericanos
arman en sus instalaciones locales
con mano de obra barata?

Passing Truck

I read on the side of a passing truck
filled to bursting with soldiers:
"Armed Forces of El Salvador."

If it's true it's force
why the need to be armed?

Or is it that its only strength
is that of being armed?

Or is it that the term "armed"
is the adjectivization of the verb *to arm* or *to assemble*
currently in use
when we refer to Westinghouse refrigerators
RCA televisions
and so many other appliances
that North Americans
assemble in their local
cheap labor installations?

La pequeña burguesía
(Sobre una de sus manifestaciones)

Los que
en el mejor de los casos
quieren hacer la revolución
para la Historia para la lógica
para la ciencia y la naturaleza
para los libros del próximo año o el futuro
para ganar la discusión e incluso
para salir por fin en los diarios
y no simplemente
para eliminar el hambre
de los que tienen hambre
para eliminar la explotación de los explotados.

Es natural entonces
que en la práctica revolucionaria
cedan sólo ante el juicio de la Historia
de la moral el humanismo la lógica y las ciencias
los libros y los periódicos
y se nieguen a conceder la última palabra
a los hambrientos a los explotados
que tienen su propia historia de horror
su propia lógica implacable
y tendrán sus propios libros
su propia ciencia
naturaleza
y futuro.

The Petite Bourgeoisie
(About one of its manifestations)

Those who
in the best of cases
want to make the revolution
for History for Logic
for Science and nature
for next year's or future books
for discourse and even for
getting into the newspapers
and not simply
to eliminate the hunger
of those who are hungry
and the exploitation of the exploited.

So it's natural
that in revolutionary practice
they give up their books and magazines
only in the face of the judgement of History,
morality, humanism, logic and science,
and refuse to give the last word
to the hungry and exploited
who have their own history of horror
their own implacable logic
and who will have their own books
their own science
nature
and future.

La gran burguesía

Los que producen el aguardiente
y luego dicen que no hay que aumentar el sueldo
a los campesinos
porque todo se lo van a gastar en aguardiente.

Los que en la vida familiar
hablan exclusivamente en inglés
entre cuadros de Dubuffet y cristales de Bohemia
y fotografías tamaño natural
de yeguas traídas de Kentucky y de Viena
y nos cobran diariamente en sudor y sangre
su doloroso despertar cotidiano
en este país de indios sucios
tan lejos de New York y París.

Los que han comprendido que Cristo
si se miran bien las cosas
fue realmente el Anticristo
(por todo eso de amaos los unos a los otros
sin distinguir entre los pelados y la gente decente
y esto de los cristianos primitivos conspirando
en la complicidad de las catacumbas
y de la agitación contra el Imperio Romano
y el pez tan parecido al martillo y la hoz)
y que el verdadero Cristo nació en este siglo
y se llamó Adolfo Hitler.

Los que votan en El Salvador
por el presidente electo de los Estados Unidos.

The Bourgeoisie

Those who produce liquor
and then say it's not necessary to increase the salary
of the peasants
because they're going to spend it all on booze.

Those who speak with their families
exclusively in English
amidst Dubuffet paintings and Bohemian crystal
life-size photographs
of mares brought back from Kentucky and Vienna
and charge us daily in sweat and blood
for their painful routine awakening
in this land of dirty Indians
so far from New York and Paris.

Those who've understood, that if one looks
deep enough, Christ
was really the Antichrist
(for all that stuff about loving one another,
without distinguishing between the penniless and the decent
and all this stuff about those primitive Christians conspiring
in the complicity of catacombs
and about the agitation against Imperial Rome
and the fish so like the hammer and sickle)
and that the true Christ was born in this century
and was named Adolf Hitler.

Those who vote in El Salvador
for the president-elect of the United States.

Los que propician la miseria y la desnutrición
que produce a los tísicos y a los ciegos
y luego construyen
hospitales tisiológicos y centros de rehabilitación de ciegos
para poderlos explotar
a pesar de la tuberculosis y la ceguera.

Los que no tienen patria ni nación aquí
sino sólo una finca
que limita al noroeste con Guatemala al norte con Honduras
al sureste con el golfo de Fonseca y Nicaragua
y al sur con el océano Pacífico
en la cual finca los americanos han venido
a montar algunas fábricas
y en donde poco a poco han ido surgiendo
ciudades pueblos villas y cantones
llenas de brutos que trabajan
y de brutos armados hasta los dientes que no trabajan
pero mantienen en su puesto
a los brutos que trabajan.

Los que dicen a los médicos y a los abogados y a los arquitectos
y a los agrónomos y a los economistas y a los ingenieros
que quien a buen palo se arrima buena sombra lo cobija
y que hay que hacer cada año Códigos Penales más drásticos
y hoteles y casinos iguales a los de Miami
y planes quinquenales iguales a los de Puerto Rico
y operaciones civilizadoras
consistentes en eliminates la mancha azul del culo
a los distinguidos señores y señoras
y regadíos que llevan la poquita agua de todos
exclusivamente hacia la tierra donde crece

Those who propagate misery and malnutrition
producing tuberculosis and blindness
and then build
tuberculosis hospitals and rehabilitation centers for the blind
to be able to exploit them
in spite of tuberculosis and blindness.

Those who have neither homeland nor nation here
but only real estate
bounded in the northeast by Guatemala in the north by Honduras
in the southeast by the Gulf of Fonseca and Nicaragua
and in the south by the Pacific Ocean
to which real estate Americans have come
to build some factories
and in which little by little
cities, villages, villas and hamlets have grown
full of working brutes
and brutes armed to the teeth who don't work
but keep the working brutes
in their place.

Those who tell doctors and lawyers and architects
agronomists economists and engineers
that if you hang around power it will rub off on you
and that every year there must be more drastic Penal Codes
and hotels and casinos like those in Miami
and five-year plans like those for Puerto Rico
and civilizing operations
consistent with eliminating the blue mark on the asses
of distinguished ladies and gentlemen
and irrigation canals to carry the little bit of water there is
exclusively to the land where that power resides

ese buen palo que tan buena sombra da
sobre todo a quienes no están profesionalmente dispuestos
a dar vela en el entierro a tanto jediondo y a tanto descalzo.

Los que para tener libertad de prensa
y derechos constitucionales
compararon diarios y radios y plantas de TV
con todo y periodistas y locutores y çamarógrafos
y compraron la Constitución Politíca con todo y
Asamblea Legislativa y Corte Supreme de Justicia.

Los que para dormir seguros
no pagan al sereno de la cuadra o del barrio
sino directamente al Estado Mayor Conjunto
de las Fuerzas Armadas.

Los que
efectivamente
tienen todo que perder.

that's so good to be around,
above all to those not professionally disposed
to take a stand in favor of so many stinking and barefoot ones.

Those who, to have freedom of the press
and constitutional rights,
bought newspapers radios and TV stations
including journalists broadcasters and camera people
and bought the Political Constitution
with the Legislative Assembly and the Supreme Court of Justice
$$\text{thrown in.}$$

Those who, in order to sleep safely,
don't pay the nightwatchman of the block
but directly pay the Joint Chiefs of Staff
of the Armed Forces.

Those who
in effect
have everything to lose.

Historia de una poética

Para E. S.

Puesiesque esta era una vez un pueta
de aquí del país
que no era ni bello ni malo como Satanás
(como él soñaba que era)
sino mero feyhito y pechito y retebuena gente
que a puras cachas hacía el tiempo para escribir
entre sus estudios de Teneduría de Libros
y su trabajo en los Juzgados.

El pueta nacional amaba a la justicia y a las muchachas
(tal vez un poquito más a las muchachas que a la justicia)
(pero eso no es tan pior si uno no sabe
el talle que tiene la justicia por estos lares)
y sábado a sábado hacía sonetos al pueblo
al futuro que vendrá
y a la libertad para tirios y troyanos
todo ello ya con la mirada llameante
después de haber llamado pan al maíz
y vino al guaro.

Así fue su vida y su obra
de las que se hablaba en las tertulias de "La Masacuata"
y que hasta llegaron a despertar
un comentario benevolente de Roberto Armijo.

Un día sucedió que subió hasta las nubes el precio del papel:
y tanto en los Juzgados como en la Academia

Story of a Poet

For E. S.

So there was once upon a time a poet
here in the country
who was neither beautiful nor evil like Satan
(as he dreamed he was)
but merely a little ugly skinnymalink and supercool guy
who barely had time for writing
what with his studies in Bookkeeping
and his job at the courthouse.

The national poet loved justice and girls
(maybe girls a little more than justice)
(but that's not so bad if one knows
the weight justice pulls around these parts)
and Saturday after Saturday he wrote sonnets for the people
about the future that will come
and liberty for Tyrians and Trojans
all that with a blazing look
after having nicknamed bread, maize
and wine, guaro.*

Such were his life and his work
of which he spoke in his raps in the journal "La Masacuata"
which even moved Roberto Armijo
to a benevolent commentary.

One day it happened that the price of paper soared to the clouds:
and in the courthouse as in the Academy

le racionaron implacablemente las hojas al pueta
a fin de que no las desperdiciara en nada que no fuera
su tétrico trabajo judicial y su aprendizaje contable.

El pueta echó de ver clarito
y para más señas en un día de la semana bastante alejado del sábado
que en el fondo de todo había un atentado contra la poesía
que no se podía quedar así
por mucho y que el gobierno hablara del alza del petróleo.

Fue entonces que comenzó a escribir en los muros
con su mero puño y letra
en los tapiales y en las paredes
y en los grandes cartelones de las propagandas.

No le fue leve el cambio
muy por el contrario
al principio
cayó en profundas crisis de concepción creadora.

Es que en los tapiales no lucían bien los sonetos
y frases que antes le embriagaban como
"oh sándalo abismal, miel de los musgos"
se miraban todas cheretas en las paredes descascaradas.

Además los serenos y los orejas
y los cuilios y los guardias nacionales
de todas maneras se lo iban a encumbrar
(si es que no lo venadeaban de entrada)
aunque lo que pintara en los muros fueran versos como
"fulge, lámpara pálida, tu rostro entre mis brazos"

they implacably rationed sheets to the poet
so that he wouldn't waste them on anything that wasn't
his gloomy judicial work and his accounting apprenticeship.

The poet saw very clearly
and to put it more plainly one day far enough away from Saturday
                                                    in the week
saw that there was a plot against poetry underneath it all
that it couldn't be left that way
no matter what the government had to say about the high price of oil.

It was then he began to write on walls
in his own hand
on garden walls and house walls
and on the big billboard advertisements.

The change wasn't easy for him
on the contrary rather
in the beginning
he fell into a profound crisis of creative conception.

What happened is that the sonnets didn't look good on garden walls
and phrases that earlier had made him giddy, like
"Oh abysmal sandal, honey of the mosses"
all looked shitty on peeling walls.

Moreover nightwatchmen and informers
and cops and the national guard
were going to bust him anyway
(if they didn't shoot him at the start)
even though what he painted on the walls were verses like

o

"yo te libé la luz de la mejilia"

o

"no hay Dios ni hijo de Dios sin desarrollo".

De ahí que el pueta agarrara vara de una vez
y se metiera a la guerrilla urbana
(ERP: Sección de Propaganda y Agitación de
la Dirección Nacional)
para quien ahora pinta en los muros
cuestiones como éstas:
"viva la guerrilla"
"lucha armada hoy —socialismo mañana"
"ERP".

Y si alguien dice que esta historia es
esquemática y sectaria
y que el poema que la cuenta es una
tremenda babosada ya que falla
"precisamente en la magnificación de las motivaciones"
que vaya y coma mierda
porque la historia y el poema
no son más que la puritita verdá.

"glow, pale lamp, your face between my hands"
or
"I slipped the light from your cheek"
or
"there is no God nor Son of God without development."

It was just then that the poet once and for all wised up
and involved himself in the urban guerrilla
(ERP: Committee of Propaganda and Agitation of the National
Directorate)
for which he now paints on walls
statements like these:
"Viva la Guerrilla"
"Armed Struggle Today—Socialism Tomorrow"
"ERP."

And if anyone says this story is
sketchy and sectarian
and the poem that tells it is
bullshit since it fails
"precisely in the magnification of the motivations"
let him eat shit
because the story and the poem
are nothing but the quintessential truth.

El Salvador será

El Salvador será un lindo
(y sin exagerar) serio país
cuando la clase obrera y el campesinado
los fertilicen lo peinen lo talqueen
le curen la goma histórica
lo adecenten lo reconstituyan
y lo echen a andar.

El problema es que hoy El Salvador
tiene como mil puyas y cien mil desniveles
quinimil callos y algunas postemillas
cánceres cáscaras caspas shuquedades
llagas fracturas tembladeras tufos.

Habrá que darle un poco de machete
lija torno aguarrás penicilina
baños de asiento besos pólvora.

El Salvador Will Be

El Salvador will be a pretty
and (without exaggeration) serious country
when working class and peasantry
fertilize and comb and talc it
cure the historical hangover
clean it up reconstruct it
and get it going.

The problem is that today El Salvador
has a thousand rough edges and a hundred thousand pitfalls
about five hundred thousand calluses and some blisters
cancers rashes dandruff filthiness
ulcers fractures fevers bad odors.

You have to round it off with a little machete
sandpaper lathe turpentine penicillin
sitz-baths kisses and gunpowder.

ROQUE DALTON (1935-1975) fue una figura enormemente influyente en la historia de América Latina como poeta, ensayista, intelectual y revolucionario. Como poeta que fusionó brillantemente la política y el arte, su ejemplo cambió para siempre el rumbo de la poesía centroamericana. Autor de dieciocho volúmenes de poesía y prosa, uno de los cuales (*Taberna y otros lugares*) recibió el premio Casa de las Américas en 1969, su obra combina una feroz ironía satírica con una ternura exuberante y humana. Su legado se extiende, más allá de sus logros como poeta, a sus escritos y su labor política en su El Salvador natal.

JACK HIRSCHMAN (1933-2021) fue un poeta y traductor. Entre sus libros de poesía más recientes se encuentra *The Arcanes #2* (2019). Ha traducido las obras de poetas de nueve diferentes lenguas. Fue poeta emérito laureado de San Francisco.

BARBARA PASCHKE es traductora y miembro del Centro para el Arte de la Traducción, la Brigada Cultural Roque Dalton y la Brigada de Poetas Revolucionarios. Entre sus publicaciones figuran *Riverbed of Memory* (City Lights Books, 2001), *Volcán* (City Lights Books, 2001) y *New World, New Words* (Two Lines Press, 2007).

El primer libro de poesía de CHRISTOPHER SOTO, *Diaries of a Terrorist* (2022), fue publicado por Copper Canyon Press. Este libro exige la abolición de la vigilancia policiaca y del encarcelamiento humano. Recibió el premio Now Award en Literatura otorgado por la organización *them*, por representar la vanguardia de la cultura queer.

TATIANA MARROQUÍN es una economista feminista salvadoreña y crítica del capitalismo y las ideas que lo alimentan. Posee

ROQUE DALTON (1935–1975) was an enormously influential figure in the history of Latin America as a poet, essayist, intellectual, and revolutionary. As a poet who brilliantly fused politics and art, his example permanently changed the direction of Central American poetry. The author of eighteen volumes of poetry and prose, one of which (*Taberna y otros lugares*) received a Casa de las Américas prize in 1969, his work combines fierce satirical irony with a humane and exuberant tenderness. His legacy extends beyond his achievements as a poet to his political writings and political work in his native El Salvador.

JACK HIRSCHMAN (1933–2021) was a poet and translator. Among his recent collections of poetry is *The Arcanes #2* (2019). He has translated poets from nine languages. He was an emeritus Poet Laureate of San Francisco.

BARBARA PASCHKE is a translator and member of the Center for the Art of Translation, the Roque Dalton Cultural Brigade, and the Revolutionary Poets Brigade. Her publications include *Riverbed of Memory* (City Lights Books, 2001), *Volcán* (City Lights Books, 2001), and *New World, New Words* (Two Lines Press, 2007).

CHRISTOPHER SOTO's debut poetry collection, *Diaries of a Terrorist* (2022), was published by Copper Canyon Press. This collection demands the abolition of policing and human caging. It was honored with *them*'s Now Award in Literature for representing the cutting edge of queer culture.

TATIANA MARROQUÍN is a Salvadoran feminist economist and critic of capitalism and the ideas supporting it. She has experience working in finance and tax policy legislation, and is currently experiencia en el área de legislación de medidas fiscales y financieras, y actualmente es consultora independiente en temas que tienen que ver con los derechos económicos, la igualdad de género y la protección social.

JAIME BARBA es escritor, investigador social y director-editor de Istmo Editores. Se graduó en filosofía y en sociología en la universidad jesuita de San Salvador. Ha publicado: *Poesía rot--a--ti--va* —poesía—, *Historias del Dragón* —relato testimonial—, *Heterodoxia para el cambio* —ensayo—, *La flor marchita. O acerca de un proyecto trunco de transformación social* —ensayo—, *Mujeres en el rincón* — cuentos—, *Gestión urbana: recuperación del centro de San Salvador* — ensayo—, *De la guerra a la krisis* —ensayo—, *Los movimientos sociales en El Salvador, antes y durante el período de la guerra* —ensayo—, *100piés* —cuentos—, *Touché* —artículos—y *El Ruso en la ciudad* — novela—.

La poeta, fotógrafa y activista MARGARET RANDALL nació en la ciudad de Nueva York y creció en Nuevo México. Fue parte activa en el movimiento estudiantil mexicano de 1968 y posteriormente vivió en Cuba por once años. Randall volvió a los EE. UU. en 1984, pero enfrentó un proceso de deportación con el argumento de que sus escritos "se oponían al orden y la felicidad de los Estados Unidos". Randall ha escrito más de noventa libros, incluidos *Che on My Mind* (2013) y *To Change the World: My Years in Cuba* (2009). Recibió la beca Lillian Hellman y Dashiell Hammett para escritores víctimas de la represión política, así como un recogimiento del PEN New Mexico Dorothy Doyle Lifetime Achievement Award, por sus escritos y su activismo a favor de los derechos humanos.

an independent consultant on issues related to economic rights, gender equality, and social protection.

JAIME BARBA is a writer, social researcher, and director-editor of Istmo Editores. He graduated in philosophy and sociology at the Jesuit University of San Salvador. He has published: *Poesía rot--a--ti--va*—poetry—, *Historias del Dragón*—a testimonial story—, *Heterodoxia para el cambio*—essay—, *La flor marchita. O acerca de un proyecto trunco de transformación social*—essay—, *Mujeres en el rincón*—stories—, *Gestión urbana: recuperación del centro de San Salvador*—essay—, *De la guerra a la krisis*—essay—, *Los movimientos sociales en El Salvador, antes y durante el período de la guerra*—essay—, *100piés*—stories—, *Touché*—article—and *El Ruso en la ciudad*—novela—.

Poet, photographer, and social activist MARGARET RANDALL was born in New York City and grew up in New Mexico. Taking active part in the Mexican student movement of 1968 and then living in Cuba for eleven years, Randall returned to the US in 1984, only to face deportation on the basis of her writings being "against the good order and happiness of the United States." Randall is the author of more than ninety books, including *Che on My Mind* (2013) and *To Change the World: My Years in Cuba* (2009). She received a Lillian Hellman and Dashiell Hammett grant for writers victimized by political repression and a PEN New Mexico Dorothy Doyle Lifetime Achievement Award for Writing and Human Rights Activism.

PRÓXIMOS TÍTULOS DE ROQUE DALTON
POR SEVEN STORIES PRESS

Historias y poemas de una lucha de clases /
Stories and Poems of a Class Struggle (agosto 2023)

Las historias prohibidas del Pulgarcito (otoño 2024)

Un libro rojo para Lenin (primavera 2025)

Pobrecito Poeta que era yo (otoño 2025)

Taberna y otros lugares (2026)

Miguel Mármol.
Los sucesos de 1932 en El Salvador (2027)

El turno del ofendido (2027)

FORTHCOMING ROQUE DALTON TITLES
FROM SEVEN STORIES PRESS

Historias y poemas de una lucha de clases /
Stories and Poems of a Class Struggle (August 2023)

The Forbidden Stories of Tom Thumb (Fall 2024)

A Red Book for Lenin (Spring 2025)

Poor Little Poet, I Was (Fall 2025)

Tavern and Other Places (2026)

Miguel Mármol:
The events of 1932 in El Salvador (2027)

Turn of the Offended One (2027)